発表会で舞妓の着付をする著者と副学院長水方氏

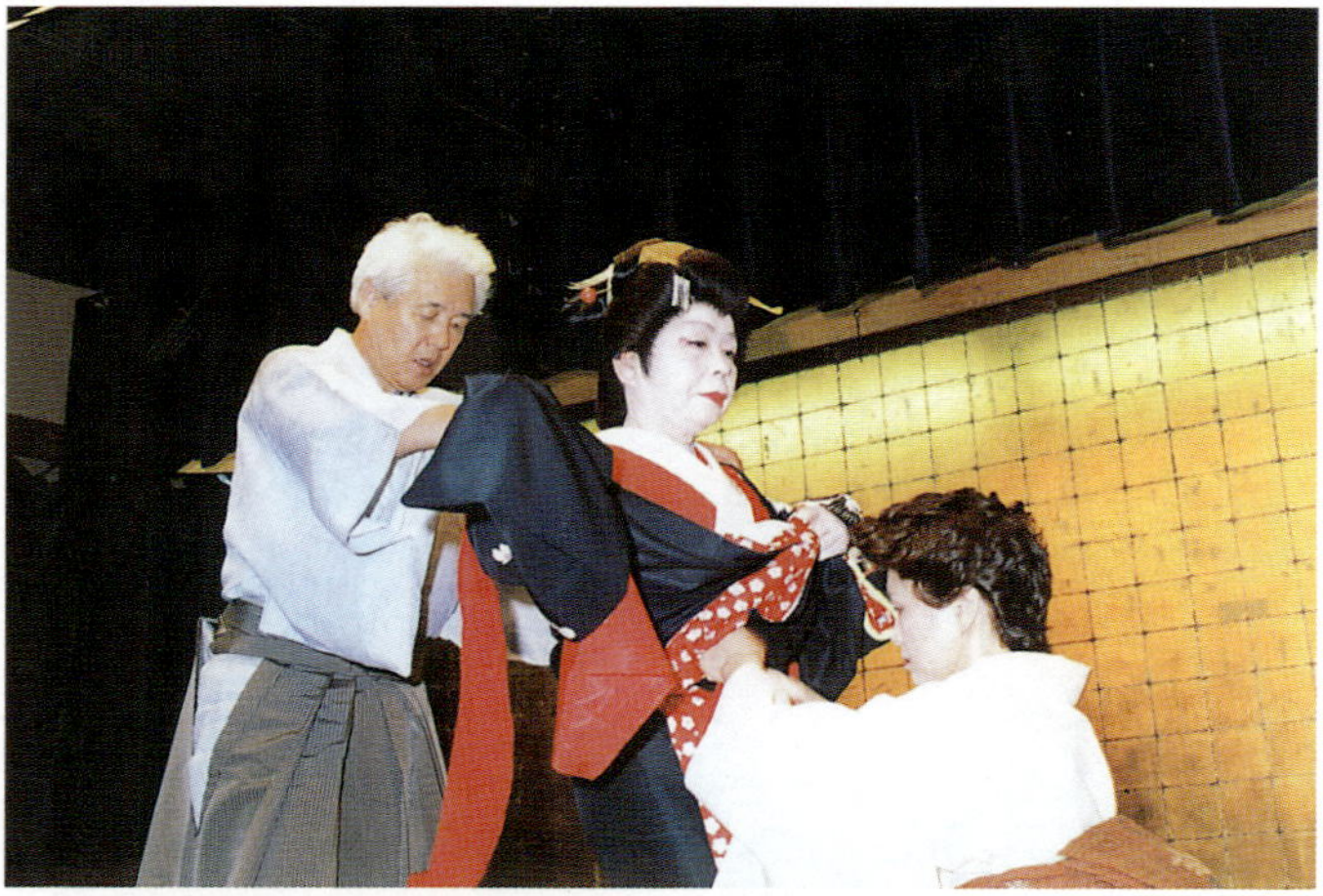

芸者の着付

町娘の着付

幸せさがし

日本きもの学院
学院長 飯山 進

文芸社

目次

第一章　生きていく目的は何か

♥なぜ死ぬまで勉強なのか

「人生は死ぬまで勉強」と言われています。なぜ死ぬまで勉強なのでしょうか。勉強の中身はどういうものか、皆さんは考えた事がありますでしょうか。

高齢になりますと食べる物に対して、また着る物についても執着心が薄れてきて、どんな物でもよい、住居も寝起き出来ればそれで十分と思うようになってきます。しかし、その様な境地に到達しても、自我が消滅したわけではありません。欲望が減少し、欲望に対する執着心が薄れただけです。

水上勉先生は「色即是空」が仏教の基本だと言われています。例えば、「死にたくない」「もっとお金持ちになりたい」とか、様々なものにこだわる事によって苦が生じるから、こだわるなというのが「色即是空」の教えですが、こだわるなという事は逆に言えば、人間は欲望が強くすべての面でもっと良くなりたいと、欲望の実現にこだわるからです。

凡人は欲望を消滅させる事が出来ませんので、人生をもっと良くする事が私達の生きて行く永遠のテーマである事が判然とします。

男性は経済的には、責任を担っていかなければいけない立場ですから、生活面においては女性ほどロマンチストではありません。逆に女性は経済的には〝他力〟です。従って結婚相手は収入の多い人、名利が得られる人でなければと、しっかり計算をする女性も少なくありません。妥協しないでその計算を貫き通す女性もいますが、総体的に未婚の女性は相手に期待するところが多く、その期待が高じて〝妄想〟化し、結婚をすれば白馬に跨った王子様が楽しみをいっぱいに運んで来てくれるのでは、と夢物語のヒロインを想像している女性も少なくないように窺えます。しかし、他力に頼ってそんなおいしい思いが出来る事は、現実にはまずありません。

結婚当初暫くは楽しい思いをしたとしても、そういう楽しみは刹那的に終わってしまい、永続しないのが人生です。従って、現状よりも人生を良くしたいと希望し、それを実現させるには他力に頼っては駄目です。

ここに一つ大きな問題点があります。

それは夢いっぱい、ロマンいっぱいの若者達に、他力に頼っては駄目です、と言っても理解出来ない事です。こういう事は理屈ではなく、人生経験によって明確に判断出来るようになるものです。従って、愛に大きな期待を持っている、人生経験の浅い若者に理解を求めても非常に難しいのです。

そこが人生論を説く難しさです。

「他力に期待しては駄目ですか」と、五十路を過ぎた人達に尋ねますと、おそらくすべての人は「そうだよ」と同意されると思います。従って、この点については、若い人達は理解出来なくても、年輪を重ねれば「本当だったなぁー」と、必ず実感出来るようになりますので、現段階で理解出来なくても、幸せは他力に頼っては駄目という事を鵜呑みにしておいて下さい。

現状以上に人生を良くするには、自分を取り巻く環境が好転するか、若しくは自身をグレードアップさせる以外にありません。例えば、収入が急に増加したり、愛情が急に増幅したりというように、自分を取り巻く環境が急に好転する事がないのが一般的ですから、自分を取り巻く環境に期待しても、人生を容易に良くする事は出来ません。

良くしたいと願えば、自身をグレードアップさせる以外に方策はありませんので、人は「死ぬまで勉強」と言われているのです。

♥何を勉強するのか

それでは何を勉強すればよいのでしょうか。「死ぬまで勉強」のその勉強の中身とは、学業、学識を深めなさいというのではありません。心の勉強をして、知恵を磨きなさいという事です。

人は感情の動物と言われるように、各々の感情や観念によって言動を起こしてしまい勝ちです。各々の感情や観念を物差しにして言動を起こせば、感情や感覚は十人十色ですから、行き違いや摩擦が生じるばかりで、一番大切にしなければいけない人間関係が良い方向に進む筈がありません。

人間にとって何が一番楽しい事かと考えますと、心を許せる人の輪を広げ、その人達と楽しく交わる事です。その大切な人間関係を良い方向に進めるには、物事の道理は一つですから、何がその物事の道理かを見極めて、各々がその物事の道理に則った言動をとるようにする事が肝要です。

物事の道理に則った言動をとるためには、何がその物事の道理かを見極める心を養うことが必要です。従って、先ずはその物事の道理を見極める心を養う、その事が一つ目の勉強の中身です。

道理の見極めが出来たならば、人間は感情の動物と言われているように感情に振り回され勝ちですから、感情に振り回されないで、道理に則った言動をとれるように自分をコントロール出来る精神を養う事が大切です。即ち自我を捨てる事を心掛けるという事です。

勉強の中身は物事の道理を見極める事ですが、その物事は無数に存在します。その無数に存在する物事の中で、「自分は何を目的に生きているのか」この事が生きていく根幹に関わるものです。その根幹について、道理を糺しておかなければ人生をもっと良くする事は不可能です。

人生哲学というしち難しい事を考えなくても、笹舟の如く自然の流れに身を任せていれば生きていく事は出来ます。物に恵まれた今の時代では、人生哲学を知らなくても適当に楽しむ事が出来ます。恵まれた時代のお陰で、そこそこ満たされた心境で生活している人は現実に多数います。そういう人が多いので、人は何を目的として生きているか、そんなしち難しい事は考えた事がない、考えた事がないから分からないという人が圧倒的多数です。

見識のある人からすれば、「そんな常識的なことも知らないなんて、それでも大人か」と失笑を買ってしまうかもしれませんが、本当に分かっていない人が多いのです。

私はきもの学院を主宰しておりまして、お稽古をする根本目的も、生きていく根本目的も同じですから、よくこの事について生徒に問い掛けをします。永い間学院経営に携わっていますが、現在までに明確にその事を理解している人に出会った事がありません。ひょっとして、私どもの学院の者だけが理解出来ていないのではと思い、馴染みの喫茶店のママや、そこの親しいお客達にも聞いた事があるのですが、同じように分からないと言う人がほとんどでした。

そんな事を考えなくても、また知らなくても生活していく上で何の支障もない事は確かです。分からなくても生活に困る事のない者同士が交流していますので、話題として上ることもなく、余計にそんな事を考える必要もないから分からないという人達が多いのだと思います。

何を目的に生きるのかという事に対する理解は、常識の範疇のような感がありますので、自分では分かっているつもりで生活している人がほとんどです。

実際には理解出来ていないのに、知ったか振りをして生活している人が圧倒的多数であるという事です。その事が自己の人生の充実という点に関して、問題であり大きなマイナスとなっています。

しかし、現在は豊かですから、そこそこ満たされて生活している人が多いので、問題となるべき事が深刻化していないのです。

現在の社会において、人生哲学について説教をしてくれるところと言えば、宗教の分野しかありません。

在家の宗教団体では人生哲学を説いてくれますので、訪れた者は人生の見通しが明るくなり、感動を受けます。感動や感激をして、高尚な感情の高まりを覚えますと清々しい気分になり、最高の癒しに繋がります。気分が高揚し癒されますので、その結果として盲信する人が大勢出てきます。そういう人達は、自分は社会の恩恵に与って生きているのに、その真理に心が及ばなくて、その宗教に帰依しているお陰で自分は生かされていると思ってしまう人が多いのです。

在家の宗教団体は大変素晴らしい事を教示してくれます。しかし中には自分たちの宗教団体に奉仕する事が徳を積むことだとマインドコントロールし、信者も盲信するために新聞紙上を賑わす宗教にまつわる事件を引き起こすのだとおもいます。

宗教に帰依する人のほとんどは、充実した人生を歩みたいと希望している人達だと聞いております。現在は豊かですから物には困っていなくて、寧ろ潤っています。しかし、それに比例して心も潤っているかといえば、逆に貧しくて空虚であるという人が多いのです。お金には困っていないが日々の生活は大変虚しいので、貴重な人生をもっともっと充実した日々にしたいと念じています。

しかし、どうすれば充実させる事が出来るのか、それが分からないのです。その事を自分で解明出来ないから、教えを請うために入信する人が圧倒的多数だという事です。従って、入信する目的は自己の人生の充実なのです。

宗教だけでなく、教養講座や様々なお稽古事に取り組まれる人が多数います。

お稽古事や様々な勉強などに取り組むのも、自己の人生の充実が目的ですから、根本目的においては宗教に走る人も、お稽古事に取り組む人達も、求めているものは全く同じです。

しかし、当人達は、お互いに自分とは違った生き方をしている、別の考えを持った人達だと思っているところがあります。それは、生きていく根本目的がお互いに理解出来ていないから、お互いを批判がましく見てしまっているからだと思います。

どうすればもっと充実できるのか、人生哲学が分からないから、ある人は宗教に走り、ある人はお稽古事に取り組み、ある人は教養講座を受講したりと、様々に模索して彷徨《さまよ》っています。彷徨い歩いている人の数は計り知れません。しかし、その彷徨いは悲壮感に満ちたものではありません。豊かな時代のお陰で、苦労なく簡単に手にすることの出来る趣味や娯楽で、日々の生活を紛らわせる事が出来ています。そこそこ満たされている、その上にもう少し良くなればと思っているだけですから、その彷徨いは深刻でなく、逆に物凄く気楽なものなのです。それが証拠に、何かに取り組んでも大方の人は直ぐに挫折して投げ出してしまいます。切迫していれば簡単に投げ出さないはずです。そのように、充実の実現に対する執着心が希薄な人が多いから、人生哲学を真剣に考えた事がない人が多いのです。

従って、人生何を目的に生きているのかが分からないのです。

分からない人が多いのは、そこそこ満たされて生活している人が多いという証ですから、放っておけばよいのかもしれません。しかし、放っておけば欲望ばかりを募らせ、物欲と愛欲を満たせば充実が得られると考える人達が益々増加してきます。現在でも幸せ感・充実感を満たしてくれるのは、「愛とお金」だと思っている人が多数おり、それが原因で様々な社会問題を現実に引き起こしています。

放置していれば、そういう思考しか出来ない人がますます増加していき、世の中の乱れに繋がって行く事は確実です。従って、自己の人生の充実の為だけでなく、そういう意味からも生きていく根本目的について、理解を求めていく事が大切です。

現在は豊かですから、そこそこ満たされて生活している人も多数いますが、これでもう十分だとは誰も思っていません。可能であるならば、もっと充実させたいと念じています。

我々凡人は宗教に帰依して信心をしても、絶対に聖人にはなれないのですから、凡人は凡人らしく大いに欲望の実現に奔走すれば良いと思います。そのためには根幹となる〝何を目的に生きているか〟という事の理解は不可欠ですから、その事を考察していきたいと思います。

幸せ・充実というものは物の量で決まるものではありません。金品によって決まるものであれば、私などは絶対に幸せになれないことは明白ですが、世の中はうまく出来ています。幸せ・充実は心で決まるのです。しかし、欲望に惑わされて、心で決まる事が理解出来ない人が沢山います。

また、自分は自分のために生きているのであって、他者のために生きているのではありません。しかし、そういう真理が理解出来ていない人が沢山いますので、自分は人のために生きているのではないというところから考察していきたいと思います。

♥人は自分のために生きている――

人生は誰のためでもない、自分自身のために生きているのですが、その真理を恋愛をして熱く燃えている人、また自分は子供のために生きていると、子供の養育に強い使命感を抱いている母親などは、そのように言っても納得しません。

恋愛をして熱く燃えている時はいつも一緒にいたいと思います。私などは若い時にデートの相手を三時間待った覚えがあります。現在のように携帯電話があれば、そんな事にはならないのですが、私達の若い時代には携帯電話はありませんでしたので、行き違いが生じると連絡の術《すべ》がないのです。待ちました。どんなに待っても会いたいという気持ちの方が強いので、苦にはなりませんでした。

三時間待った時に彼女は来ました。急に仕事が入り、連絡が取れなかったので遅れてしまったという事でした。もういないだろうと思ったが、ひょっとして待っていてくれるかもしれないから、駄目で元々だから待ち合わせの場所に寄ってから帰ろうと思って来てくれたのです。

顔を見たときは、もちろん怒りの気持ちなどはありません。ただ嬉しいだけで、笑顔で頷き合って食事に行きました。

自分にもそんな恋愛の経験は幾度かありますので、愛しい相手のためならば、何か事件に巻き込まれたり、困難な事が生じた時は、自分を犠牲にしてでも助けてやりたい、助けてやらなければという気持ちになる事はよく分かります。

そのように、相手のためならば自分は犠牲になってもと熱く燃えている人に、人生は自分のためにあるのですと説得をしても、納得出来ないと拒絶する心情は頷けます。

しかし、相手のために自分は犠牲になっても、というのは、その時は真剣にそう思っていたとしても、だからといって相手のために自分が存在するというのは真理ではありません。

それが証拠に結婚をして数年経ちますと、あんなに熱く燃えていた恋心も熱が冷めて、自分は連れ合いのために生きているのではない事をはっきりと感じ取るようになります。四十も半ばを過ぎた夫婦で、〝自分は連れ合いのために生きている〟という人に、私はかつて出会った事がありません。この現実は未婚の人には理解出来ないかもしれませんが、そういう人は自分の両親を観察すれば納得すると思います。

自分は犠牲になってもと思っていたのは、その時は恋という熱病に冒されていたからであって、年月の経過と共に熱病が癒えると、相手のために犠牲になるなんてとんでもないと思うように気持ちが変化をしていきます。

真理というものは不変のものですから、そのように心変わりをしていくというのは真理でない証です。相手のために自分は犠牲になってもと、その時は真剣に思ったとしても、後になって心変わりをするという事は、その時は恋という熱病に冒されていた一時的な感情でしかなかったという事です。

母親達の中には、私は子供のために生きていると主張する人も少なくありません。そういう人に、人生は自分のためにあると言っても納得しません。

女性は男性よりも結婚に際しては、将来のロマンや理想像というものを強く抱いて結婚をします。しかし、そういう理想は空想でしかない事を、数年の間に思い知らされます。そして夫婦間の愛も、馴れ合いの生活が続いて行く中で、次第に新鮮味がなくなり、刺激もなくなり、あんなに熱く燃えて親しんだ仲なのに、次第に慣れてしまって飽きがくるという、誰もが通過するプロセスを経て、別に嫌いになるというわけではないのですが、一緒にいてもときめきを感じなくなってしまいます。

この現象はどちらに非があるということではありません。人間の性なのです。人間はどんなものに対しても、しばらくすると必ず慣れて飽きてしまうという性を有しています。

そういう性があるから、死んでしまいたいと思うほど悲しい出来事があっても、時間が悲しみに慣れて、そのうちに薄れさせてくれるから、生きていけるのです。その性は愛に対して特別に作用するということはなく、愛に対しても同様に、慣れて飽きさせてしまうのです。

よく情愛が深い人とか浅い人と言って批評、批判をしますが、そんな事に関係なくすべての人がそのようになるのです。若い時はこの真理を理解できなくて、愛に大きな期待を抱き過ぎてしまいます。愛情が薄れていくのは当たり前の現象なのですが、「結婚する時にあんなに愛していると言ったのに」とわめき散らす人がいます。そういう人は人生経験の希薄な人です。

幸いに、ときめきを感じなくなってきた頃に子供を授かります。愛は、愛される事も大きな喜びですが、愛する対象者が存在することも大きな喜びです。愛されたいと願っても、それは相手の気持ち次第で、自分の意のままになりません。

しかし、愛を捧げるほうは、自分の気持ち次第で如何様にもなりますので、愛は愛する対象者が存在する事のほうが、幸せ感を永続させる事が出来ます。その愛を存分に注げる自分の分身が出現したのですから、母親達は子供の養育に没頭していきます。その結果、子供が唯一の生き甲斐、子供がすべてと思う母親が現れます。そういう母親に、人生は自分のためにあると言っても「それは違う」と否定してきます。

最近子供の虐待が社会問題化しています。

子供を虐待するという事は、一番大切なのは親自身であり、子供が親の生き甲斐ではなく、親を楽しませてくれる存在でもないからです。子供に対する虐待は、親が自分自身を一番大切に思っている事を立証しています。

子供が生き甲斐と思っている親、子供を虐待する親というように多岐にわたった心境の親が存在するという事は、親は子供のために生きる事が道理ではない事を証明しています。

結婚をして子供をもうけても離婚していく親達も沢山います。父親が母親に暴力を振るう、またお金を一銭も家に入れないで借金ばかりして、母親を苦しめるという話はよく耳にします。

子供も善悪の判断が出来るようになりますと、そういう乱暴な父親に対しては反感を抱いて、「お母さん、別れたら」と子供が離婚を勧める場合もあります。しかし、離婚はどんな場合でも、子供にとっては悲しく辛い出来事です。

親が子供のために生きているのが道理であれば、離婚をして子供を悲しませる事はしないはずです。しかし、現実には様々な理由で離婚をする親は沢山います。そういう事も親が自分を一番大切にしている事を物語っています。

昔は『子は鎹《かすがい》』と言いましたが、それは昔は現在の女性のように経済力がなかった、その上に世間体を重んじる社会通念も強かったので、現在の女性達よりも我慢をしたというだけです。

世の中には、別れて暮らせるものなら直ぐにでも別れて暮らしたい、と思っている女性は、今昔変わりなく沢山います。

別れないで我慢して暮らしている女性の心理を想像してみると、今の時代は特に都会においては世間体というのはあまり関係がなくなってきています。それでは子供のためかと言いますと、それも大きな要因ではありますが、それよりも大きな要因は経済力です。

この現実を世の男性達は、分かっていない場合が多いのです。女性が経済力をつければ、もっと離婚が増えるのは確実です。

そういう人間模様が世の中の現実で、離婚するのも自分のためなら、我慢をして暮らすのも自分のためであって、子供の存在を口にするのは、自分の行為を正当化させる口実に過ぎない場合がほとんどです。

母親にも様々な人がいて、中には子供は自分の人生の生き甲斐の一つではあるけれどすべてではない、仕事も自分の人生にとってかけがえのないものとして大切にしているという人もいます。

その代表的な存在は女優さんです。芸能人はよく離婚をします。節操のない人達と誤解をしている人もいるようですが、そんな事はありません。

結婚をした当時は、相手に尽くしてあげたいという気持ちが強いので、仕事を一時辞めて家庭に入ります。しかし、愛は三年経ったら慣れて、七年経ったら飽きると言われているように、そのうちに一緒にいてもときめきを感じなくなります。

人は欲望が強く、いつも心に、心地よい刺激が欲しいという望みを抱いています。家庭にいても、心地よい心の刺激が得られなくなりますので、心地よい刺激が得られる仕事に復帰したいと思うようになります。

経済的に力のある夫は主婦業に専念する事を求めますので、最終的には仕事を取るか、家庭を取るかという選択を迫られるわけです。そうなりますと、主婦業をしているよりも、女優業をしているほうが楽しいので仕事のほうを取ります。その結果、子供がいれば、子供達には辛く悲しい思いをさせるわけですが、自分自身が一番大切ですから、自分が一番楽しめる仕事を取って離婚をするのです。

一般の女性は子供と一緒にいるよりも、仕事をしているほうが心地よい刺激が得られるという経験が少ないから理解し難いかもしれませんが、当然の選択だと私は思います。

一方、「子供は今の自分にとって一番大切な存在」と言う母親がいて当然です。しかしそれは、子供を慈しみ世話を焼くことが今の自分にとって一番楽しい事で、逆に言えば、今の自分にはそうする以外に、それ以上の楽しい事がないからそうするのです。親自身の生き甲斐、楽しみというものが基準であるという事が道理であって、子供のために生きるというのは道理ではないのです。

そういう道理を理解出来ないで、そうする事が是であり正義であると思っている母親達も少なくありませんので、子供のことに関してもう少し余談を挟んでみたいと思います。

私は母親達に「子供に善《よ》かれと思って、先取りして世話を焼くのは、子供を甘やかせてしまって、子供のためになるとは限りませんよ」とよく話をします。

すると、子供の世話を焼くのに一生懸命の母親達は一様に、「子供が歩きやすいように、先ざきに回って障害物を取り除いてやるのが母親の務めです」と主張します。

そのように主張するという事は、
・今は子供が一番大切で、子供のために自分は頑張っている
・そうする事が母親の務めであり責任であり、今の自分にとっては一番楽しい生き方なのだ
と主張しているのだと思います。

個々の自由な人生ですから、当人達がそうする事が一番楽しくてベストだと主張するのであれば、他者が異議を挟む事はできません。しかし、前述のように、親が子供のために生きる事が正しい行いだと主張するのであれば、それは道理に反した思考ですから糺《ただ》しておかなければいけないと思います。

子供の世話を焼く事は、親の情愛、責任、義務、楽しみというものによってなす行為で、是非や正否とは無縁の行為です。是非や正否とは無縁の行為ですが、中には自分が正しいと、自分の行為を正当化させたがる人がいます。自分の行為を正当化させたがる人は、自分が行っている事は絶対に正しい事なのだと自己主張したいのです。

自己主張したがる心理は、子供のためと言いながら、実は自分は賢母、賢妻、賢女

でよく頑張る人だという事を認めてほしい、自分でもそう思い込んで満足したいという気持ちが多少あるのではないでしょうか。子供に多大の期待を抱くという事は、子供に対する愛だけでなく、自分の人生も子供にオーバーラップさせるから、異常なほど子供に期待をするのです。愛と欲望が混在している姿が、子供一筋の人には見えなくなっているのだと思います。

世の母親達の中には、子供の世話を焼き過ぎて甘やかした結果、「おたく」「マザコン」と言われるような、自立心の希薄な若者に育て上げてしまう例も少なくありません。また、子供の世話を焼き過ぎて、子供から疎まれて親子関係までおかしくなって、子供が非行に走ったという例も山ほどあります。逆に、親が気を利かせて子供の世話を焼いたお陰で、素晴らしい才能を発揮させて、社会に役立つ立派な人に育ったという例もあります。

幼児への虐待をよく耳にしますが、それはほんの一部であって、大半の親は子供のためだったら何でもしてやりたいと思っています。そういう親が大半ですから、子供に目いっぱいの愛情を注いで、その結果、成績が良く、性格も良い、俗に言うところの良い子に育つのであれば、すべての子供は良い子に育っていなければいけないはずです。

しかし、現実はそんな事はなく千差万別に育っています。十二分に子供の世話をしても、子供は親の希望する通りには育たないという事が、真理であるということを物語っています。

確かなマニュアルやデータがあって、非常に高い確率で親の希望するように育つのであれば、是非や正否は論議出来ます。しかし、確かなものがないのに、子供の世話を焼く事が正しいと思うのは、親達の勝手な思い込みにしか過ぎないのです。

子供は親の思う通りに育たないのが真理で、親の希望する通りに育ったとすれば、運が良かっただけの事です。

どうすれば頭の良い、心根の優しい良い子に育つのか、決定的なマニュアルはありません。基準となるものがないから、親が懸命に世話を焼けば、少しは良い子に育つのではないかと思い込んでしまうわけです。だから躍起になって子供の世話を焼くのです。親心としては当然の行為であると思います。従って、その行為を責める事は出来ません。寧ろ褒めてあげるべきだと思います。

しかし、褒めるに値する行為ですが、あまりにも子供の世話を焼くことに終始しているきらいがあります。そうする事がベストなのか否か、もっと良い方策はないかを考えなければいけないのではないでしょうか。

昔から「子供は親の尺度でしか育たない」「子は親を映す鏡」「子供は親の背中を見て育つ」と言われます。親は「鳶が鷹を」と望みますが、世の中の親子をよくよく観察しますと、親を越えて育っている子供はほんの一握りで、ほとんどの子供は親の尺度内でしか育っていません。

子供を見れば親が分かると言われているように、子供は性格面においても親に瓜二つ、親の鏡そのものである事は事実です。

分かりやすい例でお話をしますと、医者の子供は、ほとんどの家庭では、子供も医者になっています。これはただ環境に恵まれているというだけでなく、医者という職業は社会に対して貢献度の高い、やり甲斐のある仕事で、人から尊敬され、そして収入も良いという事を、親の背中を見て子供は分かっていますので、出来たら自分も親のようになりたいと、子供が自主的に頑張って困難や苦労を克服するからです。

親の背中を見て育つという教訓の最も分かりやすい例です。

そのように親が子供に与える影響というのは物凄く大きいのです。大半の子供達は親の尺度内でしか育たないのです。その現実が分かっていれば、子供のお尻を叩いて叱咤激励する事ばかりに終始していないで、親自身が自分の尻を叩いて、子供の手本となる人生を歩む事が大切ではないでしょうか。

子供は親の尺度でしか育たない。

これは太古から今も変わることのない現実で、子供を良い子に育てるための一番信頼できるデータです。

従って、親は子供の世話を焼くことに終始しないで、親自身が努力して直接社会に貢献の出来る人にならなければという、自覚と認識を持つことが大切ではないでしょうか。

それからもう一つ大切な事は、良い風潮、良い通念をつくるという事で、これは子供の養育に非常に大切です。

子供が育っていく過程において、社会の風潮というものは大きく影響を及ぼします。

その風潮というものは子供が作るのではなく、大人達が作るのですから、大人達がしっかりして良い風潮を作る必要があります。

社会というのは人の群れという意味で、人という字は人と人が支え合っている形であるといわれています。私達は人の群れの中で共に支え合って生きています。支え合っていると偉そうに言いましたが、実は支えられて生かされています。

生かされていると言うと、「何を言っている。自分は人に千円のお金も借りたことがない。自分は働いて自分の力で生きている」と主張する人がいます。そう思う人がいるとすれば、その人は社会性を軽視した、独りよがりの生き方をしている人です。

例えば、疲れて家に帰って来て、蛇口を捻《ひね》れば水が出て喉を潤す事が出来ます。また、スイッチを入れれば、明かりが灯って快適な生活が出来ます。

何故こういう事が出来るのでしょうか。

根本を問うているのですが、水道局があるからと答える人がいます。水道局は社会機構の一環として存在するのであって、根本はすべての人達が頑張って支え合い、共生しているから出来るのです。どんなに力があっても、そういう事は一人では出来ません。

ある会社の社長が「自分は三〇〇人の従業員の生活の面倒を見ている」と自分の力を誇示したとしても、会社が大きければ大きいほど社長一人では会社は成り立たないのが現実です。責任や義務に対する軽重の差異はあっても、皆が力を出し合っているから会社が成り立ちます。また、会社が制作した製品を買ってくれる人達がいるから会社が成り立つのです。

そういう道理が分かれば、各々一人の力は微々たるものである事が分かります。

私達はお母さんのお腹の中にいる時から、母子手帳を交付してもらい公的なサービスを受けています。まだ生まれていない時から社会の恩恵を受けているのです。そのサービスは「揺りかごから墓場まで」の言葉の通りに、生ある限り受け続け、死んだ時も受けます。

私どものきもの学院の生徒に公立高校の先生をされている人がいます。その先生が担任の生徒達に、「あなた達全員の月謝だけでは私一人分の給料にもならないのですよ」「あなた達は不特定多数の人達の助けがあって学校生活が送れているのですから、勉強も含めて自分の行いを正す義務と責任があるという事を知っておかなければいけませんよ」と言った事があると話していました。

人は、自分自分と利己的になりがちで、人に迷惑をかけなければ何をしても自由ではないかと自己主張をする人が沢山います。しかし、生かされているという真理が分かれば、そういう事は言えないと思います。自分は生かされているという事が理解出来ないから、人に迷惑をかけなければ何をしても自由だと主張してしまうのです。

自分達は社会から大きな恩恵を受けて生かされているのが事実ですから、自分も頑張って社会のために役立つ働きをして、少しでも多く社会にお返し出来るように頑張らなければと考える事の出来る人が真の大人です。

二十歳になれば社会的に大人として承認されます。またセックスをすれば子供が出来て親になれます。しかし、法律的に大人として承認されて、また子供をもうけて親となったとしても、自分は社会の恩恵によって生かされているという事が分からない人は、私は大人ではないと線引きをしています。

法律は住みよい社会を構築するための最低限度のルールであって、社会を住みやすくするにはもっと高尚な社会道徳が必要です。そういう事を大人達が弁《わきま》えて良い社会風潮を構築していけば、子供達も自ずと見習って良い子供に育ちます。

モラルが崩れてくると必ず子供達も乱れてきますので、子供達を良い子に育てるには、良い社会通念をつくるという事が大切です。

しかし、残念な事に一にも二にもお金、お金があれば人生どうにでもなるという考えの大人が増えています。そういう大人の考えが子供にも蔓延していき、子供達までが何よりもお金が大切と思うようになってきているのが現状です。それも人生哲学が理解出来ない大人が増えてきている事の証です。


仏教には大乗仏教と小乗仏教があり、小乗仏教は出家した者だけが救われるというものですから、小乗仏教は人は自分のために生きているという事を象徴しています。

平安時代の末期に西行法師という有名な歌人がいました。西行は号で、法名は円位、俗名は佐藤義清《のりきよ》と言い、十八歳で左兵衛尉《さひょうえのじょう》となり、鳥羽院の北面の武士として仕えていました。眉目秀麗、詩歌管弦に秀で、領地は和歌山にあり裕福であったということです。武家が権力を持ちはじめた時代で、人も羨む立場の西行が二十三歳の時に出家をします。

西行は出家をする時に、六歳になる女の子を縁側から蹴り落として俗世と決別したという有名な逸話があります。

出家をするということはどういう事であるかを知らない、一般の者から見れば、幼い自分の子供を縁側から蹴り落とすなんて、なんと理不尽な、「そんな事をして何が神や仏だ」と怒鳴りたくなると思います。現在の僧は一般人と何ら変わらない生活をしていますので理解し難いと思いますが、昔は出家をするという事は、すべての俗世と決別することだったので、当然とも言える行為だったのです。

西行がそこまでしたという事は、逆に言えばそれだけ愛情が深かったので、そこまでしなければ、なかなか愛しい家族と決別できなかったということではないでしょうか。

傍目《はため》から見れば大変羨ましい立場の人が、家族を捨てて出家をしていったのは何故か、それは自身の安心立命《あんじんりゅうめい》のためです。人は自分が一番大切な存在で、誰のためでもなく自分自身のために生きています。その事を西行の行実が明確に教示してくれていますので、私達もしっかり認識しておかなければいけません。

人は誰のためでもなく、自分のために生きている事が判然としたと思います。

次に自分が何を目的として生きているのか、その事を記したいと思います。

私が脱サラをして、きもの学院を始めたのは三十歳の時です。芸能界の衣裳部におりましたので、着付が出来た事が学院を起こした動機です。

着付が出来るというだけで、他は何にも知らない者が始めたのですから、始めて直ぐに、人から先生と呼ばれる事に面映ゆい気持ちが起こり、いつも落ちつかない心境が続きました。

人から先生と呼ばれる事を平然と受け流せるようになるには、自らを磨くしかないと思いました。また、始めて五年くらいは経営的に難しく、食べていけない状態でした。

従って、夏冬にはデパートの進物の配達のアルバイトをしました。また、芸能界時代は舞台で巡業に回りましたので、必然的に針が持てるようになっていましたから、きものの仕立てを教えてもらい、仕立てをしたりして、何とか食いつないでいました。

そんな状態から抜け出すためにも、人から信頼される人にならなければと思い、様々な事を哲学的に真剣に考えました。

何のためにお稽古するのか、何を目的に生きているのかなども真剣に考えた事柄で、そのお陰で学院を始めて五年目位に、そういう事の根本が明確に理解出来るようになりました。

そしてそれからは、確かな理念と信条を持って指導できるようになり、先生と呼ばれることに対する面映ゆい気持ちも少し薄れました。

その頃から様々な物事の見極めが出来るようになったのですが、それを他者に伝える時、自分の考えであるという事では説得力がないので、生きて行く目的については、確かなもので立証する必要を感じましたので、書籍を探していて巡り合ったのが仏教です。

仏教と言うと、死者を葬るための宗教という感じに受け取られがちなのですが、仏教は釈迦が道端に転がっている死者や病気で苦しんでいる人々、痩せ衰えた老人を見て、どうすれば苦のない人生を歩むことができるかと考え、それを学ぶために出家をし、悟りを開き、哲学として教示してくれているものです。

『白い道』という親鸞を取り上げた映画の中で親鸞の妻は、親鸞に自分達の死んだ子供のためにお経を唱えてやってほしいと訴えます。しかし、親鸞はお経は死んだ者に唱えるためにあるのではないと拒否する場面があります。

親鸞は「父母の孝養《きょうよう》（追善供養）のためとて、一返にても念仏申したること、いまだ候はず」と言っています。

そのように仏教というのは死者を葬るための儀式を主に執り行うものではなく、仏教の真の教えは、在家の人々がどうすれば苦のない人生を歩むことが出来るかを教示してくれているものです。即ち、生きて行く理想を教示してくれているのが仏教で、人生哲学そのものなのです。

仏教では、煩悩を捨て去り、悟りを開いた人が住むところを彼岸《ひがん》と言い、彼岸に住む人を「聖」と言います。これに対して、今私たちが住んでいる、欲や煩悩にまみれた世界を此岸《しがん》と言い、此岸に住む人を「凡」と言います。凡人というのは、その凡の意味で欲や煩悩に明け暮れている私達の事を意味しています。

四苦八苦の言葉の通り、この世の中は苦に満ちています。その苦を取り除かなければ安心立命に暮らす事は出来ません。その苦を取り除くには、欲望や煩悩を捨て去り彼岸に渡るしかないというのが仏教の教えです。

私達凡人は、もっと長生きしたい。病気になりたくない。死にたくない。もっとお金があればもっと楽しい事がいっぱい出来るからお金が欲しい。もっと愛を捧げて欲しい。もっと賢い人になりたい。自分の子供は立派に育って欲しい。自分の存在を認められたい。もっとやり甲斐のある仕事がしたい。人より自分は素晴らしい人だと言われたい。あれが食べたい、これも飲みたいなど様々に欲望を抱き、その欲望にこだわることによって苦をいっぱい抱えています。

私達の人生は、喜怒哀楽の喜楽と怒哀を比べたら、圧倒的に怒哀のほうが多いというのが現実です。そのように、私達の人生は苦に満ちていますので、その苦を取り除いて、瞬時も苦に悩まされることのない心境で生きるという事を、仏教では理想としています。

仏教の理想は、出家した者だけが究極の目標とするのではなく、大乗仏教はすべての人を対象とした教えです。従って、仏教の理想は在家の私達の理想でもあるわけです。

幸不幸は己の心境によって自覚するものですから、一番大切なのは心で、その心の在り方を教示しているのが仏教です。

解脱《げだつ》をして、瞬時も苦に悩まされることのない、安心立命に生きる事が仏教の理想です。しかし、そんな生き方は、私達に絶対出来るものではありません。

理想は努力と意志の究極の目標という意味ですから、人生を良くしたいと希望する人は、理想を認識し、理想に一歩でも近づかなければという、意志と努力だけは欠かしてはいけません。理想に近づかなければという意識だけは堅持しておかなければいけませんが、我々凡人は理想通りに生きられない事は確かです。

理想通りに生きることは無理だと分かれば、理想に代わる生き方を考えて、目標を明確に定めておかなければいけません。我々凡人の生き方は、これから紹介する目標がベストで、それ以外に生きて行く良策はありません。

その目標とは、喜怒哀楽の喜楽を正とし、怒哀を負とたとえれば、正と負を差し引いていかに正をプラスにするかという事です。即ち、喜楽を大きくするという事です。喜楽を大きくするという事は心豊かな心境でいられる時間を長くするという事です。

楽しい事、嬉しい事、即ち感動、感激すれば、清々しい気持ちという言葉で表現される如く、心のなかに清い美しい高尚な感情の高まりを覚えます。そういう心境を心が潤う、心が豊かになると言います。楽しい事、嬉しい事があれば心が浮き立って、心が潤います。心が潤えば幸せ感・充実感を覚えます。

楽しみ・心の潤い（心の豊かさ）・充実（幸せ）の関連はそのように繋がっています。従って、心を豊かにするという事は、充実した心境になるという事ですから、私達の生きていく終極の目的は、言葉を換えれば自己の人生の充実であるということになります。

思念してみれば、すべての物事は心の潤いのために存在している事が分かります。その事からも私達の生きて行く目的は、自己の人生の充実である事が立証されますので、すべての物事は心の潤いを得るために存在している事を、次に解明していきたいと思います。

第二章　より良い人生のためになすこと

♥お金は何のために使うのか

お金、お金、お金、とお金に執着して、何よりもお金が一番という人が沢山います。人は生きていくためには食べなければいけません。食べるためにはお金が必要ですから、生きていくためにはお金は絶対に必要です。従って、お金なんかどうでもよいというのではありません。お金はないよりはあったほうが良いのは当然のことで、そういう事を論議する事が馬鹿げています。

ただ、お金お金、とお金ばかりに固執して、いかほどのお金があれば幸せと感じるのか。そのお金を自分の力で稼げるのか。それだけのお金がなければ、幸せになれないのか。もし、自分の力でそれだけのお金を手に入れたとして、生涯それで幸せと感じて暮らしていけるのかという事を問い質したいのです。

確かにお金が潤沢にあれば、欲望の実現は多くなります。だからと言って「もう少しお金があったら」と「たら」の願望で、お金に固執するのであれば、余りにも拙いことだと思います。

かつて日本ではどんなに真面目に働いても食べていけない、また働きたくても仕事がないという時代がありました。そんな時代では、お金に固執するなと言うほうが無理です。

しかし、現在はありがたいことに豊かになっていますので、食べるためにお金に固執しなければいけないという時代ではありません。学歴や経験に関係なくどんな所でも働く気持ちがあれば、食べて行く事が出来るぐらいの仕事はありますので、食べていくことを心配しなければいけない時代ではないと言えるでしょう。

こんなに豊かになった時代では、食べる事を目的に生きるのではなく、いかに心豊かに生活していくかを主題に生きて行く時代です。

このことは昭和三十年代には、既に会社の研修会などで講習されていた事柄です。現在は豊かさを追求していく時代であり、お金を使うのは、その豊かさ、即ち心の潤いをお金で買っているのです。このように言っただけでは理解できない人もいますので、少し説明を加えます。

皆さんが持っている衣料ですが、暑さ寒さから身を護るとか、人として恥ずかしくないようにするためというような実用面だけで考えれば、誰もがもう一生買わなくてもよいほどに、沢山持っていると思います。しかし、新しい服を見れば欲しくなって買ってしまいます。

何故、買うのでしょうか。

新しいものを買って、装いを改めてお洒落をすれば楽しい気分が得られるからです。楽しめば心が潤い充実した気分になれるから、既に沢山の衣料を持っていてもまた新しく買うのです。買い物をする根本目的は、買い物という手段を通して心の潤いを買っているのです。

何のために家を買うのか。

快適な住まいは心を落ちつかせ、心にゆとりと安らぎを与えてくれます。即ち、心に潤いを与えてくれて、幸せ感・充実感を自覚させてくれるから家を買うのです。家を買う根本目的は心の潤いです。

何のために旅行に行くのでしょうか。

素晴らしい景色や人との触れ合いを通して、楽しい気分になり心が潤う、心が潤えば幸せ感・充実感を自覚するから旅行をします。旅行する根本目的も心の潤いを得るためです。

何のために会食をするのでしょう。

会食をするのは空腹を満たすため、栄養補給のためというよりも、美味しいものを頂けば良い気分になって心が潤うから、家で食べるよりも出費が嵩みますが外食をするのです。楽しく語り合って楽しい気分になれば心が潤う、だから会食をするのであって、会食をする目的も心を豊かにするためです。

何のためにスポーツをするのでしょうか。

プロになるためのスポーツは、将来プロになって充実した日々を送りたい。また高収入を得て心豊かに過ごしたいというのが根本目的であろうと思います。

一般の人が行うスポーツは体を動かせば気分が爽快になるからであって、健全なる心身を維持するために行うものです。一般の人が行うスポーツは、身体を鍛えるというよりも心の面が主たる目的です。

お金を使って買い物をしたり、旅行に行ったり、会食をしたり、スポーツを楽しんだりするのは、それぞれは心の潤いを得るための手段であって、真の目的はその様々な手段を通してお金で心の潤いを買っているのです。

従って、一番大切なのはお金ではなく、心の潤いです。

「貧すれば鈍する」「衣食足りて礼節を知る」という如く、物の豊かさは心のゆとりに繋がります。従って、お金はないよりもあった方が良いのは当然です。しかし、お金がなければ幸せになれないのかといえば、そんな事はありません。お金があっても人間関係などで悩みがあって、ギスギスと心にゆとりのない人は沢山います。

逆に、貧しくても何か目的意識を持って頑張っている人や、奉仕活動等をして、他者のために役立つ活動をしている人は、心豊かに活き活きと暮らしています。

お金を使わなくても心の潤いに繋がることは山ほどあります。従って、幸せはお金で決まるものではなく、心の潤いによって決まるものであるという確かな人生観を有している人は、お金持ちや貧乏人の分け隔てなく、神様が一様に幸せになれるように世の中を作ってくれています。そこが人生の妙味なのです。

人生哲学が分からないから、お金が一番と、お金に固執するのですが、お金に固執してもどうにもならないのが人生で、お金に固執すれば惨めな思いをするだけではないでしょうか。

自分で稼げる額は限られていてどうにもならないのが人生です。また稼いできたお金を自分一人で自由気儘に使える人も限られています。一般的には何処にどう優先させて使うか、遣《や》り繰り算段して使っているのが普通で、そんな状態でお金に固執すれば惨めになるだけではないでしょうか。

また自由気儘に使えるお金が多額にあったとしても、お金で得られる楽しみは刹那的で、一つの望みを実現させても、喜び楽しみは瞬時に忘れてしまって、また次の欲望が湧出してきます。永遠に湧出してくる欲望を次から次へと叶える事が出来るほど、お金が潤沢に回るということは難しいと思いますので、必ず最後は惨めな思いを味わう破目に陥ってしまいます。

欲望は無限に広がり、お金には限りがあるのが普通ですから、お金で得られる楽しみばかりを求めていたら、我慢したり辛抱しなければいけない事のほうが多く、最後は必ず惨めな思いを強いられます。

一番大切なのはお金ではなく心の潤いです。お金を使わなくても心の潤いに繋がる事は山ほどあります。その事をしっかりと学び取って、心の潤いを第一に考えなければ永久に幸せにはなれません。

♥何のために仕事をするのか

何のために仕事をするのかという事と、何のために勉強をするのかという事は同じです。

親は、自分の子供は良い成績の取れる子供になって欲しいと、躍起になっています。親の世代はそれまでの人生で、我慢することや辛抱する事のほうが多くて、十分に欲望を満たしていません。従って、可愛い自分の子供には、沢山の欲望を叶えてあげたい、そして自分以上の人生を歩ませてあげたいと強く願っています。そのためには、良い成績を取って、良い学校に入って、良い会社に就職し、やり甲斐のある仕事に就いて、人が羨むような名利を得て欲しいと希望します

良い学校に入って、良い会社に就職する。可能な限り名利を得られるように頑張ってほしい。そういう事の最大の目的はお金です。仕事はそのお金を得るために行うの

です。

何のためのお金かといえば、豊かな生活をするためです。収入が少しでも多ければ、お金で得られる多くの欲望が実現可能です。欲望が実現すれば楽しい気分になり心が潤いますので、収入は少しでも多く欲しいと誰もが希望するのです。

仕事をする事の終極の目的はお金のためですが、仕事は生き甲斐、楽しみのためという面も大きなウエイトを占めています。

学問という言葉があります。「学」「問う」と書きますが、「学」は勉強することですが、「問う」は何を問うのでしょうか。それは、学んだ事が社会のために役立っているか否かを問うという事です。何に取り組んでも自分だけが楽しかったらよい、自分の気持ちが癒されればよいというように、自己満足に終始している人がいるのですが、そういう取り組みは何の値打ちもないのです。

仕事の理想は、お金の事だけを考えるのではなく、他者から自分の存在価値を認められ、感謝されるようになる事です。そういう立場を確立している人は、自ずと他者よりも高収入を得ている人が多いので、仕事をしていても楽しく、仕事を通して心の潤いが得られます。

仕事が楽しい、生き甲斐だという人は本当に幸せな人です。しかし、誰もがそういう仕事に就けるわけではありません。同じ大学を卒業していても、そういう仕事に就ける人もあれば、お金のために仕方なく仕事に就く人もいます。どうせ仕事をしなければいけないのであれば、楽しんで仕事が出来るほうが良いのは当然のことです。

世の中は力関係でなり立っています。従って、やり甲斐のある仕事に就くには競争に勝たなければいけません。そのためには、今は旅行するためにアルバイトをするというような学生が少なくありませんが、そういう事をしないで、学生は勉強する事が仕事ですから、他者に負けないように勉強に傾注する事が大切です。

しかし、勉強は他者から強いられてしても能率は上がりません。自主的に取り組んでこそ能率が上がります。有名進学校に通っている子供や、どこの学校でも飛び抜けて優秀な子がいますが、そういう子供は幼い時から確かな将来図を描いていますので、放っておいても自主的に勉強します。勉強には自主性を持たせる事が何よりも大切で、自主性を持たせるには、早い時期から確かな人生観が持てるように、子供を躾けるという事が大切です。

しかし、肝心の人生哲学が分かっていない親が多いのです。その上に子供ときちっと向かい合って、真面目な話を真面目に話し合える親子関係を構築していない親も沢山います。親は、親の特権で口うるさく子供を叱責するだけで、親自身は人生に何の目標も持っていない人が多いのです。そういう親に限って、子供に気に入られることばかりを考えて、子供の世話を焼いて甘やかしてしまい、自主性のない子に育ててしまいます。そういう親に対しては、子供も中学生位になりますと、親の不甲斐なさが目に留まるようになり、「親も偉そうに言うばかりで、たいした事がない」と思うようになります。そうなりますと子供の自主性も必然的に損なわれますので、親は手本となる仕事ぶりを子供に見せる事も大切です。

話は脇道に逸《そ》れましたが、仕事の根本目的も心の潤いです。

♥何のために結婚をするのか

愛という字を辞書で引けば、慕い、いつくしむと記してあります。言葉で表せばそのように表現するのが適切であることは頷けますが、愛というのは言葉の表現を超越したもっと深遠な感情が行き交っているような気がします。

愛を強く感じている時は、いつも一緒にいたいと思います。一緒にいるだけで楽しく心がときめきますので、いつも一緒にいたい、二人で何かを築き上げたいと切望します。

その願いの行き着くところが結婚という形式をとる、一つの要因ではないでしょうか。

愛が強ければ思慕の念も強く相手を大切にしたいと思います。

しかし、結婚は相手のためにするのではありません。

結婚をすれば自分の人生に膨らみが出来ると期待するから結婚をするのです。お見合いをして結婚する人もいます。好きでない人となぜ結婚をするのでしょう。その事が、結婚は自分の人生の充実のためにすることを証明しています。

♥何のためにお稽古事をするのか

私が経営しております着付のお稽古事は、実用に即したものですから、お稽古をする事の根本目的について、「自己の人生の充実のためです」と私が言うと、着付と人生の充実と何の関係があるのか、その関連が呑み込めずに首をひねる人が多いのです。従って、哲学的思考によって根本目的を探ることは、非常に参考になると思いますので記してみます。

親から支度をしてもらった着物が、タンスの肥やしのまま眠っているので、もったいないから着られるようになりたいと思ってお稽古に来る人がほとんどです。

着られるようになりたいと思って来られるのは承知しているのですが、何故着られるようになりたいのか、その事のほうが大切です。「何故着られるようになりたいのですか」と尋ねる事にしています。着られるようになりたい、それしか考えて来なかった人がほとんどですから、そう尋ねられると答えられない人が多いのです。

急な質問ですから無理もないので、少し考える時間を与えて待つのですが、明快な答えが出てこない場合がほとんどです。あまり引っ張りますと恥をかかせてしまいますので、適当にその場を収めて、

「時にはきもののお洒落も出来るようになれば、今まで以上に衣生活に膨らみが出来て、楽しみが増幅すると思うから、着られるようになりたいのではないですか」とこちらから答えを言うようにしています。

そうしますと皆さんは納得して、「そうです」と頷かれます。

着られるようになりたい理由は、楽しみを得たいからです。

その事が分かれば次に何故楽しみを得たいのか、その事を哲学的に追求していけばよいのです。幾度も申し上げているように、楽しめば心が潤う、心が潤えば自己の人

生が充実するからです。

楽しみを得る → 心が潤う（豊かになる） → 心が潤えば幸せ感・充実感を感じる

何に取り組んでも目的は楽しみを得るためで、何のために楽しみが欲しいのかといえば、心が潤い、自己の人生が充実するからです。

前記の図式は、何に取り組んでもすべて一緒ですから理解しておいてほしいと思います。

様々なお稽古事に同時に取り組んでいる人も沢山います。そういう人の中には、例えば、お茶やお花や踊りのお稽古は高尚で、着付に対しては、「着付なんか」という侮りの気持ちを抱いている人が沢山います。何のためにお茶やお花を習うのかといえば、心の潤いのためです。そのように根本目的が一緒であるということは格式は同一です。

着付は古くは衣紋道《えもんどう》と言い、衣紋道に携わる人を衣紋者と言います。平安末期の鳥羽天皇の時代に、第七十一代後三条天皇の第三の皇子輔仁《すけひと》親王の第一子で、後の源有仁《ありひと》という人がいました。有仁公は鳥羽帝に子供がなかったので、白河法皇の養子となって鳥羽帝の皇嗣《こうし》に擬せられました。後に鳥羽帝に崇徳《すとく》天皇がお生まれになったので、臣下に降下され源の姓を賜って源有仁と称せられ、後に従一位左大臣になって人臣の栄誉を極められました。その源有仁が開祖となって衣紋道が出来ました。

鳥羽帝以前は凋装束《なえしょうぞく》といって全体に柔らかい装束でしたので、着付が下手でも目立たなかったのです。鳥羽帝の時代に源有仁の進言によって、容儀を整えるために剛《こわ》装束と言って全体を糊でゴワゴワにした張りのある装束に改められたのです。

そうなりますと着付が難しくて自分ではきちっと着れないので、着付専門に携わる人が必要になり、衣紋道が起こったのです。

お茶は室町期に村田珠光が禅宗の作法を取り入れて茶道というものを完成させ、武野紹鷗、千利休と伝承されていきます。

お花は、公家の日常の生活が戦国時代の動乱を機に困窮を極めるようになり、生活費稼ぎに公家の嗜《たしな》みであるお花を教えだしたのが始まりで、江戸の中期になって天地人形式の華道の様式が成立しました。

衣紋道については知らない人のほうが多いと思いましたので記してみました。歴史が古いと格調が高いと単純に思ってしまう人がいますが、そうであれば歴史的には、着付に専従する者が現れて活躍しだしたのが、お茶やお花よりも古いのです。

そういう認識もなく、好き嫌いを格式と混同して上下関係で見てしまうのは短絡的であり見識不足です。

お稽古事に上も下もなく、すべては心の潤いを得るために行います。従って、どんなものに取り組んでも分け隔てなく、自己の心の潤いにつなげる取り組みをする人が本当に賢い人です。

分け隔てをして、例えば、着付ぐらいと侮りを持ったとしますと、その人は教えられる事を素直に受け入れられません。自我を捨てて素直にならなければいつまで経っても上達しません。自我が強く「着付ぐらい」と侮りを持っている人は、結果的には侮っている着付に振り回されます。即ち、自分の誤った愚かな解釈に振り回されるのですが、そんな人に限って、自分は賢いと自負心を目いっぱい持っています。

そういう人を見ていますと、人が何を目的に生きているか、分かっていないのに知ったか振りをして生活している人と同じに思えてしまいます。人生を良くしたいと様々なものに取り組むのですが、無形の財産を身に付ける事の大切さが分かっていないから、大きな心の潤いが得られるまで我慢出来なくて直ぐに挫折します。従って、一向に人生が充実しません。しかし、自分は賢いと目いっぱい高く自負心を持っています。

そういう点で全く同一だと思うのですが、いかがでしょうか。

世の中には、冷静に見渡しますと自分よりも優れている人は数え切れないほどいます。「自分なんか」と卑屈になる必要はありませんが、しかし「自分なんか」と謙虚に自身を見つめる事は大切です。謙虚というのは自我を抑制することの出来る人という事ですから、謙虚であるという事は大切なことなのですが、最近はあまりにも自分、自分と自我の強い人が多いので、敢えて手厳しく記しました。

第三章　「なぜ」と思うことを身につける

♥楽しみについて

すべての物事は心の潤いのために存在している、という事に気づいたのではないでしょうか。

すべての人が、自分の人生をもっと良くしたいと念じています。

その人生を良くする要因は、道理の見極めと実践です。まず、何が道理かという道理の見極めが的確に出来るようにする事が大切です。

道理の見極めが出来たら、道理に則って実践をする事です。実践なくして一歩も前進しないのが、これも物事の道理ですから、実践する事が最も大切です。苦しくても辛くても我慢をして実践していれば必ず人生をもっと良くする事が出来ます。

人生をもっと良くする事が生きて行くテーマですが、人生を良くするには楽しみについての洞察が最も重要です。

楽しみが大きく、永続性のある楽しみが得られれば、それだけ充実した日々を過ごせるという構図になっています。従って、楽しみが人生を充実させるためのキーポイントとなります。

様々なものから楽しみが得られますので、様々な楽しみの中でどういう楽しみが永続性のある楽しみになるのかを理解し、そういう楽しみが得られるように努めれば、間違いなく自分の人生を良くする事が出来るのです。

人生をもっと良くするには、何が必要かと言えば楽しみの洞察の一言に尽きます。

一般的には楽しみを得る手段は、お金と男女愛、家族愛だと思っている人が圧倒的多数です。

娯楽や趣味というものはすべてお金があれば得られます。しかし、お金を出せば簡単に得られる楽しみは、楽しいのですが、永続性がなく刹那的に終わってしまいます。苦と楽は表裏一体で、苦が大きいほど、大きな楽しみが得られますが、苦が小さいと小さな楽しみしか得られないというメカニズムになっています。お金で得られる楽しみは、苦が伴わず簡単に手に入れる事が出来ますが、簡単に手にする事が出来る分、刹那的に消滅してしまいます。そのうえに、自分で自由気儘に使えるお金には限りがあり、ほとんどの人は少額しか使えないのが普通ですから、お金に頼っても大きな楽しみは得られないのは明白です。

男女愛は、四十も半ばを過ぎて連れ合いと一緒にいることが生き甲斐だという人に、未だかつて出会った事がありませんので、男女愛に頼っていては、永続した楽しみが得られない事は、既に立証されています。

家族愛は、親が子供に対する親子の愛です。どんな動物でも親離れをして自分達の家族という核を作ります。どんなに慈しんで子供を育てても、子供は他の人を愛し、他の人と一緒に自分達の核を作ります。そして、自分の核を守り育てていく事にゆとりのある子供は、親の元から離れても、親の事を少しは顧みてくれます。しかし、それも伴侶がいるので、その伴侶となる人に、お互いの親を顧みる優しい気持ちがなければ期待は出来ません。

今の時代は、その優しい気持ちに期待するほうが無理ですから、親を顧みてくれることに多大の期待は出来ません。

自分の核を守り育てていく事にゆとりのない子供には、親を顧みてくれるという事は全く期待出来ません。

それでも親の愛は仏の慈悲と同様です。子供に対する愛は失われる事はありません。親の愛は失われる事はありませんが、子供が親離れをしていった後も、子供を慈しむ事が親の最大の楽しみになり得るでしょうか。

それは無理だと思います。子供が親離れをしていったのに、その後も子供を慈しむのが最大の楽しみという人生は、逆に惨めな人生ではないでしょうか。

そういうふうに考えますと、子供の存在が親の永続した楽しみとなり得ないことは明白です。従って、親は自分の人生も蔑《ないがし》ろにしないで、若い時から親自身の将来図をしっかりと描いて子供に関わっていくべきだと思います。

子育てに没頭して、子供が巣立っていった後で空虚な気持ちになり、「もっと自分の事も考えておけば良かった」と、愚痴をこぼしている人を私は山ほど見てきました。

少し余談を挟みますと、子供が巣立ってから、そういう事に気づいて何かを始めても遅いという事はありません。どんなものに取り組んでも多少の苦労や困難はつきものです。年を取ってきますと、苦労や困難に遭遇すると、もう少し若かったらとか、もう少し早くに始めていたらと、言い訳をする人が多いのですが、私の経験から申し上げますと、命をすり減らすほどの困難や苦労は必要ありません。少しぐらいの事で「負けてたまるか」と頑張れば、それがむしろ健康に繋がるぐらいの苦労や困難で済む事なのですから頑張ってほしいのです。

その一時を大切に頑張っている人は、青春している人です。心に熱いものを持って青春している人は、体に張りが出てきて、お顔の険もなくなり輝いてきます。

人生一寸先は闇で、先の事など誰にも分かりません。従って、その一時を大切にするのが最も大事な事で、その一時を前向きに頑張っている人は、青春真っ只中にいる人です。そのような取り組みをしている人は必ず今までとは異なった楽しみが得られ、それを通して人生勉強も出来ます。年を重ねるほどに心に熱いものを持って、その一時を大切に頑張ってほしいと、お稽古に携わっている者として念じています。

お金には限りがあるからお金に頼っても駄目、愛に縋っても駄目、というのであれば、そのほかに何か楽しみがあるのか、どんな楽しみがあるのか、それが分からないという人が沢山います。

愛とお金以外に本当に楽しみが存在するのでしょうか。

もちろん存在します。お金や愛で得られる楽しみよりも大きく、永続性のある楽しみが存在しますので、それを紹介します。

欲望の実現について、分かり易く説明してくれている、心理学者のA・H・マズロー博士の欲求段階説というのがあります。それが理解出来れば、そこから楽しみの理解が深まりますので紹介します。

○第一段階は生理的欲求です

食欲、性欲、睡眠欲などの、生命を支えるために絶対に満たさなければいけないものを、まず第一に実現させたいと欲求するという事です。

○第二段階は安全の欲求です

食欲などの本能を満たすには、人は恥も外聞も危険さえも顧みずに欲求を実現させようとしますが、それが実現すると自分の安全を考えるようになるという事です。

○第三段階は所属と愛の欲求です

第一、第二段階が満たされますと、自分を社会の一員として存在させたいという欲求が生じます。そして誰かと人生を共に過ごしたいという欲求が生じ、愛の対象者を求めます。

第三段階まではほとんどの人が欲求を実現させるのですが、大半は第三段階で人生を終えていきます。しかし、次の段階に進んでいく人もいまして、そういう人達はかなり上等な人間であると説明している人もいます。

○第四段階は承認の欲求です

自分が他者より優れている事への自信、自身の能力に対する確信、目標達成の実績、自立の確認といったものによって自尊心を満足させたいという欲求と、そういう事を他者から承認されたいという欲求です。

○第五段階は自己実現の欲求です

サラリーマンは社長になりたいと思い、代議士になれば総理大臣になりたいと思うのと同じで、可能性のある最高の存在になりたいという欲求です。

マズロー博士の欲求段階説は、欲望の実現を段階を設けて説明しているもので、一般的には第三段階の欲望を実現させて人生を終えていく人がほとんどだと言っています。しかし、中にはそれで満足出来なくて、数は少なくなりますが次に進んで行く人もいます。

第三段階の愛とお金で得られる楽しみに飽き足らず、何故人は上の段階を目指して進みたがるのでしょうか。それが鍵です。

承認の欲求の実現は、お金では買えません。

お金で買えないものは、当然ながら大きな困難が伴います。しかし、その苦労や困難を克服して上を目指すのは、自分の存在価値を認められれば、もっと大きな楽しみが得られるからです。世の中はギブ・アンド・テイクで、他者に何かを大きく与える事が出来れば、その分自分にも大きな見返りがあります。より大きな楽しみが得られるという見返りがあるから、困難や苦労が伴うことは承知の上で、第四段階を目指して頑張るのです。従って、マズロー博士の欲求段階説は解釈を変えれば、上に行くほど大きな楽しみが得られるという事を説いているのと同じです。

体験を通して初めて実感出来るようになりますので、自分の存在を承認される事の楽しみを体験した事のない人に、承認される事の楽しみを理解しろと言っても大変難しいと思います。そこが人生論を説く事の難しさですが、マズロー博士の欲求段階説は楽しみについて明確に説いてくれていますので、欲求段階説を通して楽しみは、愛やお金だけで得られる楽しみだけではないという事をしっかりと認識していただきたいと思います。

承認される事の喜びを体験した人は少なく、普通は楽しみは第三段階止まりだと思っている人が圧倒的ですが、その上に永続性のある、より大きな楽しみが存在します。それは繰り返しますが社会のために直接役立つ働きをして、多数の人達から感謝され、敬慕され、自分の存在を称賛してくれている事を感じ取る楽しみです。

すべての人は自分の人生をもっと良くしたいと希望しているわけですが、もっと良くすることは何も難しい事はありません。楽しみについてしっかりと洞察して、承認の楽しみを実現すればよいのです。

学校では「あいつは賢い」と自分の存在が皆から承認されるようになれば楽しくて、学業も益々進みます。自分の存在を認められるという点では、会社でも同様です。結婚をして家庭に入れば、夫からは良い妻だと自分の存在を認められたい。子供達からは素晴らしい母親だと言われたい。近所の人達からは賢い素晴らしい女だと言われたいというように、誰もが自分の存在を承認されたいと思い、そのために皆さん一生懸命に頑張っておられます。

学校で問題を起こす子供は、自分の存在を勉強やスポーツで主張出来ないから、暴力で自分の存在を主張します。苛《いじ》めを受ける子供は自分の存在を無視されることが一番辛いと言っているように、私達は自分の存在を無視される事には耐えられないのです。

人が数人で話をしていますと、必ずでしゃばって自己主張したがる人や、話の中心を取りたがる人がいます。また聞くほうに回って調子良く相槌を打っている人も、オーバーに相槌を打ちながら、実は自分は人の話を聞いてあげる事の出来る、思い遣りのある優しい人である事を自己主張している人がいます。

ハイキングや旅行に行っても景色などは見ないで、話ばかりしてお互いに自己主張し合っている人をよく見かけますが、そういう光景を見ていますと、承認される事がいかに満足を与えてくれるか、承認される事の楽しさ、嬉しさが伝わってきます。

楽しみの中身は無数にありますが、一番楽しいのは自己の存在を認められる事です。その事が理解出来なくて、遊びばかりに楽しみを求めている人が沢山います。その事が大きな問題点ですから、遊びについてもう少し記します。

娯楽や趣味等で気晴らしをする事を、英語でリクリエーションと言います。「リ」は戻る、繰り返すという意味で、クリエーションは創造、創作という意味ですから、リクリエーションという言葉には、創造、創作活動に弾みをつけるためという意味が含まれています。人の生活は単純で、端的に言えば「眠る」「遊ぶ」「仕事をする」というサイクルで成り立っています。遊びはリクリエーションと同意語ですから、遊ぶ事の真の目的は気持ちをリフレッシュさせて仕事に弾みをつけようという事です。眠るのも心身をリフレッシュさせるためで、何のためにリフレッシュさせる必要があるのかと言えば、これも仕事に弾みをつけようという事です。このように解釈しますと、人が生活していく大もとは仕事をする事なのだという事がよく分かります。

人は支え合って共生していますので、自分も頑張って支えなければいけません。各々が持ち前の力を発揮して、仕事をして支える義務があります。その仕事に弾みをつけるためには、心身をリフレッシュさせる必要があるから、遊んだり、眠ったりするのです。主従関係で言えば仕事が主で、遊びと眠りは従です。遊びが楽しみのすべてだと思っている人がいますが、主でない遊びから永続した楽しみが得られるはずがないのです。

仕事が楽しいという人は本当に幸せな人ですが、誰もが楽しんで仕事をしているわけではありません。仕事は楽しくない、しかし生活のために仕方がないから頑張っているという人も沢山います。そんな人は、仕事をしていても楽しくないので、休みが来るのを心待ちにして、休みになれば娯楽や趣味で気持ちを癒す事ばかりに励んでいます。萎えてきた気持ちを遊びで癒す事ばかりを繰り返していますので、精神的な上積みはありません。精神的な上積みがないから、人生を良くしたいと希望しても、そういう人達は一向に人生を良くする事は出来ません。一向に人生が良くならないのは、娯楽や趣味ばかりに気持ちが傾いているからです。そういう人は承認の欲求の実現が、大きな楽しみをもたらせてくれる事が分からないから、そのような生活になってしまうのです。

これは勤めている人だけでなく専業主婦の場合も同じです。私は未だかつて主婦業が楽しい、生き甲斐だという人にお目にかかった事がありません。生活のために、楽しくないけれど仕方がないから勤めに行っているという、勤め人と同じです。主婦の大半は、承認される楽しみが理解できずに、家族愛や男女愛やお金で人生を充実出来ると思っています。そういう理解しか出来なくても、お金持ちの人達は、お金で様々に紛らわせる事が出来ます。しかし、お金持ちでない人は必ず惨めな人生を強いられると思いますので、仕事が楽しくないという人は、ここに記した承認の欲求の実現を目指してほしいと思います。

一度しかない人生です。そのかけがえのない人生を、大きな喜びも知らないで終えてしまってはもったいないと思いませんか。私はもったいないと思うから、このような手段で皆さんに押しつけています。

他者から自分の存在を承認される楽しみは、自身の心がけ次第で永続した楽しみとなりますので、人生をもっと良くしたいと希望する人は、永続性のある楽しみを持つ事が不可欠です。永続性のある楽しみとは、第四の承認の欲求を実現させる事で、理屈ではそのように簡単です。難しいのは、困難が伴いますので、それに耐えられるか否かという事です。承認の楽しみを得るには、何か無形の財産を身につけて、他者のために役立つ活躍をするのが絶対条件ですから、無形の財産を身につけるまで頑張れるか、耐えられるか、問題はそれだけなのです

人生を現状以上に良くするには、自分を取り巻く環境が好転するか、それとも自身が向上するか、二通りしか方策はありません。一般的には、環境が好転するのは期待出来ませんので、自身をグレードアップさせるしか方策はないのです。自身をグレードアップさせるには、何かに取り組むと決めたならば、困難は当然の事と受け止めて、確かな無形の財産を得るまで頑張り通してほしいと思います。人生はそれで決まるのです。それしかないのが人生で、理屈は簡単なのです。

「色即是空」が仏教の基本だといわれています。色とは目にし手に触れる事の出来る、物質の世界の事です。空とは、物質はもともと形として存在しないものが、縁起によって作られるもので、実体としての自我はない、その姿はかりそめのもので、固定さ

れたものでなく移り変わっていくものですから、かりそめの色にこだわるなというのが「色即是空」です。あれも欲しい、これも欲しい、あのようになりたい、もっと賢くなりたいと色や意識の世界にこだわれば、必ずそこから苦が生じますので、こだわるなと教示しているのです。こだわるな、という事は、どうでも良いと捨て鉢に虚無的に捉《とら》えているのではありません。逆に、一生に一度しかない大切な人生だから積極的に生き、瞬時も苦に悩まされる事がない、理想の人生を歩めと教示しています。その理想は彼岸に渡る事ですが、凡人にはそんな生き方は出来ません。従って、逆に欲望の実現に大いにこだわって、大いに自己主張して自分の存在を承認されるようになってほしいと思います。前向きに生きれば、喜楽と怒哀を差し引いた時に、必ず喜楽のほうが大きく残る人生が歩めること疑いなしです。

♥道理の見極め

「人間死ぬまで勉強」の勉強とは道理の見極めであり、道理に則った言動が出来るように自己を戒めるという事ですが、ここに一つ問題点があります。道理についての見極めと言っても、その道理とはどういう事か、それが分かっていない人が多いのです。耳慣れた言葉ですから、抵抗なく受け入れられるのですが、道理の見極めという事の意味が理解出来ていなければ、こういう話をしても、頭の中を素通りして行くだけで心に届きません。そこで此処では、道理の見極めというのはどういう事かを記して、その後は、気のついた様々な物事についての道理を糺していきたいと思います。

私どもの着付を例にしてお話をさせて頂きます。

お稽古に来られた人達に、何としてでも目的を達成するのだという情熱を持つ事と、着付のお稽古の場合は特に「着付ぐらい」という軽視や侮りの気持ちを抱いている人が多いので、素直な気持ちで取り組む事が「上達には大切な要素ですよ」と話をします。

幾度もそういう話をする時間を設けていますので、「上達するための道理」というテーマで問いかけをする事があります。そうしますと、以前に話を聞いていますので、上達のための道理は素直な気持ちです、と答える人も少なくありません。

確かに、上達にとって情熱と素直な気持ちというのは、大きな要因であり、道理である事は間違いのないことなのですが、情熱や素直な心というのは、上達にとっての直接の要因ではありません。

技能の上達にとって直接の要因は実践です。実践なくして論理だけ追求していても技能は絶対に上達しません。技能の上達に直結しているのは実践ですから、最も正しい実践を行う事が技能向上には一番大切であり、その事が直接の道理なのです。

その最も正しい実践とは、一つ目は休まないで真面目に行うという事です。勉強でも仕事でも皆同じで、真面目がまず大切です。

しかし、休まないで毎日仕事場に通う、真面目に毎日机の前に座って勉強する、それだけで業績が上がり、学識が向上するのであれば、何の苦労もいりません。真面目であるという事は必須条件ですが、真面目だけではどうにもなりません。取り組む時は気持ちが散漫にならないように、その事に集中して一心不乱に取り組むことが大切です。

何に取り組んでも実践する時は、集中して取り組む事が大切ですが、集中して取り組んでいても、直ぐに投げ出したり、長続きしなければ成果は上がりません。

集中は大切な要因ですが、その状態を持続させることが大切です。即ち、実践においては「真面目」「集中」「継続」が必須条件で、勉強もスポーツも、また技術向上においても、それ以外に上達の術は絶対にありません。それ以外に絶対にないというものが道理で、道理というのは「物事の正しい筋道」という意味ですから、技能向上の正しい筋道は「真面目」「集中」「継続」です。

何としてでも目的を達成させなければという強い情熱と、素直に受け入れる心がなければ、熱のこもった実践が出来ません。従って、実践を促進させるには、情熱を持つ事と素直な気持ちになる事が大切ですから、根本のメンタル面からよく話をするのですが、メンタル面が上達の直接の要因ではありません。

何を行うにしても、根本となる精神によって実践が行われ、取り組みの姿勢というものも決定されますので、メンタル面から説いていくのも物事の正しい筋道ではあるのですが、技能上達のための直接の道理は「真面目」「集中」「継続」です。従って、上達にとって何が大切かと問い掛けられれば、実践面と精神面の両方から答えられるように、確かな理解をしておく事が大切です。しかし、そのように確かな見極めが出来る人はごく少数です。

着付の出来上がりは端的に言って下手、普通、上手とあり、私どもの学院では、その上に「素敵な着装」という段階を設けて目標にしています。

下手というのは、なんとか着装は出来るが、人前に出て行けるような着付になっていない事です。そんな着装が、お稽古の目標となりえるのか、そういう疑問を持たれる人もいらっしゃると思います。

現在は洋服中心の時代で、きものの事に関しては全く分からないという人が増えています。きものは日本の伝統文化ですから、きものに関しての常識的な事を学んでもらって、下手でも家で自分で着られるようになれば、それはそれで立派な目標になりえると思っていますので、最初の目標は下手でもいい、という事にしています。

普通、というのは、人前に出て行っても恥ずかしくない程度に着られている着装の事です。端正な感じの着付にはなっていないが、大きく乱れている箇所がない、無難に着付が出来ている着装です。

上手は、乱れている箇所が全くない、端正な感じのする、綺麗な着付が出来ている着装です。

綺麗と美しいというのは全く別の美意識です。綺麗というのは形が整っているという事ですが、美というのは、目に触れた者に「素敵だなぁー」「自分もああいうふうにお洒落が出来たらなぁー」と感動を与える装いです。美しい装いというのは、綺麗にプラスして、洗練された所作や、素晴らしい人間性までもが醸しだされている着装を言います。

最高の装いは、技能を超越して、洗練された人間性が醸しだされている装いの事であり、そういう装いが出来る人になってほしいというのが、私どもの学院の最終目標です。

現在は洋服中心の時代で、着物がなくても、着付が出来なくても、明日からの生活に何の支障もありません。そんな時代にわざわざ着付のお稽古をするのですから、お稽古をする限りは、人が見惚れるくらい綺麗な着装をして、心の潤いに繋げられるお洒落が出来るようにしてほしいと思っています。従って、「綺麗に着られるようになりましょうね」と皆さんを激励し、生徒さん達も「綺麗に着られるようになりたい」と希望してお稽古をしています。

なぜ綺麗に着られるようになったほうが良いのか、その理解が肝心ですから、「なぜ綺麗に着られるようになりたいのですか」と問いかけをする時があります。「綺麗に」を目標にお稽古されていますので、理解されているものと思うから問いかけるのですが答えは返ってきません。

なぜという事が肝心で、そういう一つ一つの物事の道理を認識しておく事が、確かな人生観を養うのに非常に重要なのですが、なぜという事を考えた事がないという人が多いのです。

衣服の役割は儀礼とお洒落が最大の役割で、儀礼のほうは人間関係を円滑にするためであって、なぜ綺麗に着たいのかという事に関しては、もう一方のお洒落に関わる理解という事になります。なぜ綺麗なほうが良いのか、それはお洒落の効果が高まるからです。お洒落の効果が高まれば、美的効果で情操が高まり、楽しい気分になるから、綺麗に着たいと希望するのです。

何のために楽しみを得たいのか。楽しめば心が潤い、心が潤えば日々の生活が充実するからです。従って、綺麗に着たいという事の道理は、自己の人生を充実させたいからです。

物事の中には、もっともな筋道というものが存在するものとしないものがあります。筋道が存在する場合は、例えば、綺麗に着たいというのであれば、なぜ綺麗に着たいのかという根本目的について思念し、道理を糺す習慣を身につける事が大切です。なぜ、道理を糺しておく事が大切なのでしょう。その点が最も重要です。即ち、道理の見極めが出来るという事は、それだけの知恵を有している人であるという事になります。知恵の豊かな人は、確かな人生観を有していますので、人生の展望が開けます。自分を取り巻く環境は好転しなくても、確かな人生観を有している人はそのぶん心にゆとりが出来ますので、その心のゆとりによって楽しい日々を過ごす事が出来るようになるからです。

第四章　学校の成績は何で決まるか

♥記憶力は集中力によって決まる

前述のように親の世代は自分の人生において、我慢や辛抱を強いられる事が多く、十分に欲望を満たしていませんので、自分の可愛い子供には、自分以上に楽しい人生を歩ませてやりたいと思っています。そのためには良い成績を取り、良い学校に行って、良い会社に入り、人も羨むような名利を得られるようにならなければ、実現は不可能と分かっています。それで、学校での子供の成績について躍起になっています。

母親達の中には、子供の塾通いの学費稼ぎに、パートに行っている人も少なくありません。夕方になってパート帰りにスーパーマーケットに寄って、買い物をしている姿を見ますと、「女性は大変だなぁー」と同情を禁じ得ません。

親は子供に尽くすことが生き甲斐の一つですから、傍目から見ているほどに大変だとは思っていないのかもしれません。そこまで頑張って子供の成績にこだわるのであれば、もっと良い方策はないものかと、知恵を働かさなければいけないのではないでしょうか。

なぜこのような言い方をするかと申しますと、母親達に「学校の成績は何によって決まるか分かりますか」と問いかけますと、ほとんどの母親は答えられないからです。

物事の道理を理解して、その通りに導いても、人と人との交わりには感情が入り、思う通りに事が進むとは限りません。むしろ思う通りにいかない事のほうが多いので、道理を糺して子供と接しても必ず良い成績が取れるとは限りません。

しかし、成績についての道理を知っているのと、知らないままにイライラして子供を叱責するばかりとでは、心のゆとりや、親子のコミュニケーションという面で随分違ってくると思います。ですから、子供の学校の成績は、何で決まるかという道理ぐらいは、知っておいてほしいと思います。

学校の成績は何によって決まるかという事の道理ですが、その答えは記憶力です。学校で教えられる知識を沢山記憶している者が、必ず良い成績を取ります。それが良い成績を取るための道理でそれ以外にはありません。

このように申しますと、数学の応用問題はどうなるのですかと反論される人がいるかもしれません。塾の数学の勉強方法を観察していますと、数学の応用問題も記憶力によって決定する事が判然とします。数式の解き方は記憶する以外にありません。数学の苦手な子は、この数式を解くという段階でギブアップしてしまうのですが、数式を解くのは応用ではなく記憶です。応用問題はどういう数式が成立するかを解き明かしていく事です。基礎の数式の解き方が理解出来れば徹底して問題集にチャレンジさせます。そうして、この問題はこの数式と数式の組み合わせの問題になっているという事を、多くの問題集を消化することによって、出題の仕方のパターンとして記憶させるのです。従って、多くの出題のパターンを記憶している者が、良い成績が取れるという勉強方法なのです。

学校の成績は、多くの知識を沢山記憶している者が、良い成績が取れます。これ以外に良い成績を取る術はないのですから、まずその道理を親はしっかりと認識しておかなければいけません。

それが理解出来れば次に大切なのは、その記憶力は何によって決まるかという事を考察する事です。


記憶力は何によって決まるか、それは集中力です。十二、三歳で大学院で青年達に交じって勉強している天才少年や少女といわれる子供達がいます。その子供達は、普通の子供と比較してどこが異なるかと言えば集中力だと言われています。彼らは普通の子供達の三十倍くらいの集中力があると言われています。

若い時は頭脳も柔軟で、若い時に集中して記憶した知識は、忘れられることなく蓄積されていくということは、皆様も経験で分かっておられると思います。そのように、記憶力は集中する事によって高まります。

成績は何によって決まるか、という事をお母さん方に問いかけますと、「負けず嫌いの性格」と答える人がいます。世の中は競争原理で成り立っています。従って、負けず嫌いの勝気な性格であるという事は大切な事ですし、勉強にも大きく影響するのは確かです。ただ負けず嫌いの人は、人に負けたくないから、勉強に取り組む時は、「負けたくない」という一心で集中するので成果が上がるわけで、負けず嫌いも結果的には集中力が物を言うという事です。

♥集中力を持続させることで成果が上がる

そのように、記憶力に最も影響するのは集中力ですが、集中して取り組んでも、それが短時間や短期間で終わってしまうと、期待したほどに成果が上がらないという結末になりますので、集中力と合わせて要求されるのは持続性です。

真面目に勉強に取り組む。取り組むときは集中する。集中して取り組む姿勢を少しでも長く持続させる事が、記憶の量を高めるのに最適であり、それ以上に記憶力を高める術はありません。

その事が判然とすれば、次にその真面目、集中力、持続性というのは何なのかという事を考える事が重要です。

真面目な子、不真面目な子、根気のある子、根気のない子、気持ちの散漫な子、飽き性の子といわれるように、それは性格なのです。従って、良い成績を取るには、真面目、集中力、持続性を備えた良い性格の子供に育てる、即ち、小さい時からの子供の躾というものが、成績に大きく関わってくるのです。

性格は子供が自分で作るものではなく、親によって作られていくものです。親によって性格が作られて、その性格が成績に大きく関与して、成績の結果が表出してきます。「子は親を映す鏡」という諺の如く、性格も親と瓜二つか、それとも親の良い所を普通は少し見落とす事が多いので、少し見落として、親よりも劣る性格に育つ場合のほうが多いのです。従って、「子供は親の尺度でしか育たない」と言うのです。

子供の学校の成績に大きく影響を及ぼす、真面目さ、集中力、持続性というものは、親の性格をそのまま子供が引き継ぎますので、親がどんなに躍起となっても、子供は親の範囲内にしか育たない、従って成績も然りという事です。

「三つ子の魂百まで」という諺があります。子供は嬰児期、幼児期に性格形成が出来上がると言われていますので、嬰児期と幼児期の親の接し方が大切です。

生まれて直ぐは母親の母体回復のために、授乳する時以外は保育室に預かって看護婦さんが健康管理をしてくれる期間があります。看護婦さんは、一人一人に思い入れを強く持って管理するという事はなかなか出来ませんので、言わば事務的に赤ちゃんに接します。事務的に管理されている嬰児は、生理的欲求のために泣きますが、構ってほしいから泣くという知恵は、その段階では持っていませんので、そういう泣き方はしません。しかし、親の手元に戻されたら直ぐに、赤ちゃんは知恵をつけて構ってほしいと泣き出します。

人間は、三日早起きすれば体は順応して、四日目には自然に目が覚めるようになります。どんなに仕事が好きで普段は休まない人でも、お正月に三日続けてゆっくりと休みますと、休み癖がついてしまって、お正月明けには気合を入れ直さなければスタートが切れません。このように人間は素晴らしい順応性を有しています。この事は赤ちゃんも全く同様で、親の手元に戻ったら直ぐに甘える知恵、構われる快感を覚えてしまうのです。

最初はお腹が空いたなどの生理的欲求のために泣きます。生理的欲求のために泣くのですが、泣けば親がオロオロして至れり尽くせりで構ってくれるので、それを繰り返している間に、泣けば構ってくれる事を学習して、直ぐに知恵をつけます。泣けば構ってくれるという事が分かれば、構ってもらっているほうが赤ちゃんはいい気分になれて安心出来ますので、構ってほしいと泣いて要求します。

そのように泣いて次々に欲求してくる事に、親がどのように応じるか。その応じていく親の姿勢によって嬰児の性格が作られていきます。ちょっとでも泣けば親が飛んで来て構ってくれる。ちょっとくらいでは構ってくれない。少し大きく泣けば必ず飛んできて構ってくれる。大きく泣いても「しっかりとチェックはしてあるので、幾ら泣いてもお前の思う通りにはお母さんは動かないよ」などと、親の様々な対応が子供の心に伝わります。

即ち、親の性格が子供を構うという形に現れ出て、子供の心に映るのです。よく言われ、また現実にも見聞きする話に、次のような事があります。最初の子供は、親が育児経験がないので、とにかく至れり尽くせりで育て、親の手が十分に及んでいますので、慎重で真面目で堅実に実行する性格の子供に育っている場合が多いという事です。

しかし、次の子供からは子育てに少し慣れてきて、慣れた分、最初の子供よりも気楽に、悪く言えば手抜きをして育てますので、それが子供の性格育成に影響し、長男、長女以下の子供の性格は、良く言えばおおらかで柔軟性がある、悪く言えば横着で、だらしない子供に育っている場合が多いという事です。

兄弟、姉妹がいれば、大抵そのような性格の子に育っています。これは、子供の性格は嬰児・幼児期から育成され、それが親によって作られて行く事を如実に立証しています。その性格が成績に直接影響を及ぼすのですから、子供の学校の成績はすべて親の責任範囲であるという事です。

それから子供の成績については、大きく影響するものは他にもあります。それはスポーツをたとえにすればよく分かります。

　私の若い時のプロ野球選手といえば長嶋、王がまっ先にあげられます。長嶋、王は素晴しい選手であった事はわざわざ述べなくても周知のことです。花形選手であっただけに他の選手の目標にされて、長嶋、王を越える選手になりたいと必死になって努力をした選手もたくさんいたのではないかと思います。しかし結果的には成績面で両選手を越える事が出来なかった選手のほうが多かったのが現実です。

　これは何を物語っているかと言えば、努力や頑張りだけではどうする事も出来ない先天性が大きく影響しているということです。その先天性は、体力や運動神経だけでなく学校の成績という能力面にまで大きく影響をしているように思います。

　先天的な要素を取り上げますと、子供によい口実を与えてしまいます。逆に、親が素晴しすぎて子供の出来が悪い場合は、子供に大きな負担をかけてしまい、時には子供の人生を駄目にしてしまう恐れがありますので、この事は公言できません。言ってはいけないことですが、親の能力が遺伝をすることは確かにあると思います。

　また次のような事もあります。

私は尼崎の下町に育った人間ですが、私のように下町に育った者と、お金持ちの裕福な家庭に育った人を比較しますと、裕福に育てられた人たちが多く通っている学校のほうが、世間一般にいうところのグレードの高い大学に通い、社会に出てからも偉くなっている人が多いように思われます。

勉強には勉強するための良い環境が必要である事を物語っています。しかし、これも子供達には何の罪もなく、どうする事も出来ないのですから、こういう事も公言出来ません。しかし、事実である事は確かです。

幸せ感や充実感は心境によって自覚するものですから、経済的に恵まれた家庭に生まれ、良い学校に行って、良い会社に入ったという条件だけが整っても、必ずしも幸せであるとは限りません。従って、こういう風に取り上げて書けるのですが、親にも子供にもどうする事も出来ない運命的なものがあります。学校の成績においても運命的なものが大きく影響しているという事は事実です。

それが分からない親がいて、勉強の事で子供ばかりを叱責して、親子関係までおかしくなって、子供が非行に走ってしまったという例は山ほどあります。それも成績に対する道理が理解出来ていない、親の拙さが引き起こす悲劇です。

集中力によって記憶力が決まるというのであれば、どうすれば集中力を高める事が出来るかを考えれば良いわけです。動作の中心となる部分は腰です。腰をしっかりと定めて一点を凝視する姿勢を長く保てるようにする事が集中力にとって最も大切です。仏教では、正しく精神を安定させるために、座禅を組んで集中します。腰を定めて微動だにしないで、心を無にすることに集中する。集中するには、腰を定めて一点を凝視する姿勢を保つようにするのが大切であるという事を証明しています。そのためには、適度に運動をして腹筋、背筋を強くする事が大切ですが、それよりも普段の生活態度が最も大切です。

私達の小学校や中学校の時代には、給食や弁当の時間は、行儀良く形を整えて静かに食べなさい、と先生から注意を受けたものです。勉強している時も集中力を欠くので「おい、飯山姿勢が悪い」とよく注意されました。私達が少年時代の先生方は、形は心の現れであり、形と精神は一体のものだから、形が精神に及ぼす影響というものをよく知っていたので、そのように注意して下さったのです。

しかし、現在では給食の時間や、授業を受ける姿勢を観察していますと、子供の好きなようにさせているように思います。学校でもそうですから、家庭においても同様で、私達の子供の頃には、私のように大変貧しい家に育った者でも、食事の時は座り方から箸の上げ下ろしまで親からうるさく注意されました。しかし、最近は大変裕福な家庭でも、子供達の所作に対する躾がされていない家庭が多いように思います。親や学校の先生が、形は心の現れであるという事の意義を知らない人が多くなったせいだと思います。

食事の作法について生徒さん達と話をした時に、「私のところは女の子ですから、厳しく躾けています」と言った人がいます。女の子だからというのであれば、男の子は作法はどうでもよいということになります。この人は形だけにとらわれていて、女の子は品良く見えるように形を整えなければいけないと思っているのです。作法というのはどういうものかが、全く分かっていないのです。

そもそも作法は神仏に対して、どのような形を取れば謝意の気持ちが表現出来るかという事から始まりました。私達一般人の作法は、村田珠光が禅宗の作法を取り入れて茶道というものを起こしたと同様に、仏教の作法がルーツではないかと思います。

仏教では、食材や食器等の可視的な物を通して、非可視的な神仏の恵みや不特定多数の人達の苦労を想念して感謝をするという事が、食事を頂く時の作法の根本精神です。

神仏に対して、不特定多数の人達に対して感謝の意を捧げるという事は、自分自身の心の潤いのために大切な行為なのです。生きて行く上で一番大切な事は心豊かに生きるという事で、素直に感謝出来る人は、心豊かに生活出来ますので、感謝の祈りをする事は大きな意義があります。

その感謝の気持ちを表現するには、箸の上げ下ろしなどの所作に気を取られる事なく、感謝する事に集中しなければいけません。集中するには、所作に気を取られる事がないように、所作は最も合理的でなければいけません。その場面場面で最も合理的な所作という事で定められているのが作法なのです。

例えば、お茶を点てる時は、次はどのような手順で運ぶかというように作法に気を取られていてはいけないのです。出会いを大切に、如何に心安らかな一時を過ごして頂くかという、もてなすことに集中をしなければいけないのです。そのためには、作法に気を取られる事のないように、所作は無駄のない徹底した合理的な所作にしてあるのです。作法というものは、その場面場面でその事に集中出来るように考えてある形ですから、作法どおりに形を整えるという事は、その事に最も集中出来るという事ですから、作法というものを疎かにしてはいけないのです。

幕末に活躍した長州藩の吉田松陰は、叔父で松下村塾の創設者である玉木文之進という人に教育を受けたのですが、その玉木文之進の厳しい指導についての有名な逸話があります。

玉木文之進が畑を耕している傍らの畦道で松陰は勉強をさせられていたのですが、読書をしている時に顔に蝿が止まったので、蝿を追い払ったら、玉木文之進に殴り倒されたということです。

玉木文之進は、形と精神は一体のものであると分かっていたから、勉強をする時の姿勢を大切にしたのです。集中するには形が大切ですから、その姿勢を蝿を追い払うという行為で崩して集中を欠いたので、怒ったのです。勉強は公に尽くすためにするもので、蝿を追い払うのは不快な気分を追い払うための私情ですから、公のために行っている勉強なのに、私事を優先させたと怒ったのです。武士は公のために尽くすことが本分であるという信条の強い人だったから、松陰にその事を叩き込むために、厳しくしたのだと思われますが、形の大切さを示してくれる話として、大変参考になる逸話です。

よくファミリーレストランに行きますと、子供はお行儀良く座っている事が出来ずに、ほかのお客さんのテーブルの周りを走り回っている光景を見かけます。そういう時のお母さん方は大抵、子供そっちのけで友達と話に興じている場合がほとんどです。子供が余り騒がしいので付近のお客さん達は耐えきれずに、話に興じているお母さんに非難の眼差しを向けます。どんなに図太いお母さんでもその眼差しを無視出来ませんので、「やめなさい」と子供達を制します。しかし、普段から甘やかされていて、親が怒ってもジェスチャーだけで大したことがないと知っている子供達は、注意されても聞きません。そうしますと躾の出来ていない親は、自分が制しても聞き入れないことが分かっているので、「よそのおばちゃんが怒っているよ」と言ってやめさせようとします。「よそのおばちゃんが怒っているよ」と子供達に注意をしながら、その音声は「小さいから仕方がないでしょ」「どこの子供も小さい時は一緒でしょ」と、非難の眼差しを向けている人達に、逆に抗議しているように聞こえる場合があります。子供の教育にとって絶望的な光景です。

子供でも大人でも同じで、法律や道徳や戒律というものがなくて野放しにしておきますと、自制出来なくて、楽な方向にばかり進んで堕落していくのが私達人間です。

子供は自由奔放におおらかに育てるのが最良であるという、すべて分かり尽くしたような事を言う親がいるのですが、そういう人は人間の本質を知らない人です。人は生まれたままだと野性で、様々な事を学習していって初めて人間らしい性格を備えていくのです。その学習の一つが親の躾です。従って、少しでも早くに自制心が持てるように、親が躾をしっかりとする事が大切です。そして自制出来ない幼い時は、親が十分に気配りをして、歯止めをしてやらなければいけないのです。的確な歯止めをされる事によって子供は、正しい行いを学んで行くのだと親は認識しなければいけません。従って、親はどんなに幼い子供に対しても、真正面から向き合って怒る時は、子供が震え上がるほど怒っておかなければいけないと思います。子供は可愛い存在ですから、怒るのは親として辛いのですが、子供が可愛いと思うのであれば、子供の将来を考えて、愛の鞭の言葉の通りに、怒る時には激しく怒って、時には殴り倒すくらいの迫力が親になければいけません。

猛獣使いは鞭や手鉤で容赦なく殴って、自分の意のままに動かして動物を働かせます。それは、舐められたら飼い主の言うことを聞かなくなるからです。子供も自分で善悪の判断が出来るようになり、自制心を持つまでは動物と同じ扱いでよいと思います。親が「やめなさい」と注意をしたら、直ぐに親の言う事を聞くように、たとえ殴り倒してでもしっかり躾をしておかなければいけません。前記したレストランでの光景は親が子供に舐められているのです。

レストランでの光景だけに止まらず、例えば、お菓子屋さんや玩具屋の前で、買ってほしいと泣いて駄々を捏《こ》ねて、店の前から動かない子供がいます。また、最近は自分が気に入らないと泣いて駄々を捏ね、親がいくら宥《なだ》めても泣きやまないで、益々駄々を捏ねる子供が増えています。そういうのもすべて親が舐められているのです。親から恐怖を感じるほどに怒られた事がないからです。

親にこっぴどく怒られて、痛い思いをする、怖い思いをする、辛い悲しい思いをした事のない子供ほど、人の心が読めなくて、学校では平気で苛めをしたり、また暴力を振るったりします。我慢したり、辛抱したりする事の大切さを、親が教えていないからそういう事をするのです。

ところで、企業が採用する時は成績の良い子を優先させて採用します。その次に重要視するのは、スポーツで頑張ってきた子供です。なぜ成績の良い子を採用するのかと言えば、勉強の好きな子供というのは稀におりますが、そういう子供は本当に稀で、大抵は好きではないけれど将来を考えると、我慢や辛抱をしてやっておかなければと頑張った子供だからです。成績やスポーツは頑張る事の出来る、良い性格を有している事の象徴で、そういう子供は何に取り組んでも頑張って成就させる事が出来るという事が、長い歴史の中で実証済みですから、成績の良い子、スポーツで頑張った子を、優先して採用するのです。従って、子供の将来を考えると、甘やかさずに厳しく躾けて、根性のある子に育ててあげるのが本当の親の愛情ではないかと思います。

集中力と持続性を備えた、性格の良い子供に育てるための手段の一つとして大切な事があります。それは日常の生活態度の見直しです。

例えば、食事をする時は終わるまできちっと座らせて、途中で立ったりさせない事です。体位には気の入った体位と、気の抜けた体位があります。集中力や持続性を養うには気の入った体位である事が肝要で、気の入った体位とは背筋を伸ばして、肩はリラックスして、腰で身体をしっかりと支えている体位です。従って、食事をする時は終わるまできちっと座らせる、即ち背筋を伸ばして気の入った体位で座らせる習慣をつけるという事は物凄く大切です。

そして、集中力や持続性を養うには、億劫がったり、邪魔臭がったりする事は大きなマイナスですから、小さい時から親が手出しをしないで、自分の事は自分でやらせる習慣をつける事も大切です。整理整頓は集中力や持続性を養うのに大変効果がありますので、きちっと自分で整理整頓をやらせる事です。物を扱う時はぞんざいに扱わないで、一つ一つ心を込めて丁寧に扱うようにする事も大切です。

日常の生活態度はどんどん崩れていっています。それは、形と精神は繋がっているのだという事を、分かっていない大人が増えてきているからです。生活態度の見直しという事になりますと、まず大人が模範となる形を示さなければいけません。生活態度の見直しによって、集中力や持続性を高めるのは至難のことではあると思います。

しかし、これは本当に大切なことですから、大人達が頑張って見直しを計るべきだと思います。

伝統文化の一つである礼儀作法は、その事を通して、一番大切な心の潤いや性格育成に多大の影響を与える事が判然としていますから、先人たちは私達に伝えてくれているのです。

しかし、現在は目先の快楽、即ちお金で解消、解決出来る楽しみばかりに目を向け、永続した心の潤いや性格育成に繋がる、先人達が作り上げた素晴らしい無形の財産を切り捨てようとしています。その証として、「形は心の現れである」という事を知らない人が増えています。形の大切さを知らないから、作法を蔑《ないがし》ろにし、作法を蔑ろにするから、集中力、持続性という性格育成に大きくマイナスとなっているのです。

人間の生き様はすべて古典の中にあると言われています。どんなに時代が進んで科学が発達しようと、人間の幸せや充実の根本は変わりません。

心の潤いが最も大切であるという根本が分からないから、伝統文化や礼儀作法というものが疎かにされ、それが子供の勉強面にも大きなマイナスとなっているのですが、そこまで理解が及ばない人が多いというのが現状です。

子供は頭脳も柔軟で記憶力も良いので、自主的に勉強する気持ちになれば幾らでも上昇します。自主性を持たせるには、親が確かな人生観を持って、子供をしっかりと躾け導くことがまず第一ではないでしょうか。その事を怠って、教育費をいくらつぎ込んでも、良い成績の取れる子供になるのは難しいと思います。

第五章　世の中はギブ・アンド・テイク

♥支え合い共生するということ

松下村塾の創設者で、吉田松陰の叔父の玉木文之進は、武士の本分は国のために生きる事であるという信念を、強く持っていた人であると書物に記してあります。武士は自分のために生きるのではなく、国のために生きるものであると言っているのですが、その事から生きる目的も、時代背景と立場によって異なるという事が分かります。

武士は生産活動は行わず、農民や町人からいわば搾取をして生活をしていた立場の人達ですから、その代償として、また為政者の責任として命を賭けて国を守り、住みやすい社会づくりに努める事が武士の生きる本分であると、玉木文之進は強い信念を抱いていたのです。

しかし、現在は身分階級もなく、すべての人が平等に責任と義務を担っていかなければいけない時代です。それゆえ、確かな自己管理が要求される時代です。確かな自己管理を行う事が、支え合い共生するという観点から言えば、社会のために役立つ行為となります。

善悪という言葉があります。何が悪で、何が善かという事ですが、ルールを破って犯罪を犯さなくても、不道徳な行為は悪で、社会のために良い行いをする事が善なのです。

昔、『パピヨン』という映画を見ました。未だかってその島から脱出を試みて成功した事がない、堅固な収容所から脱出をして成功するという映画でした。主人公は独房に入れられて、生死の境を彷徨っている時に、幻覚症状で自分が裁判を受けている様子を妄想します。その裁判で自分は無実だと訴えるのですが、裁判長は「たとえ無実だとしても、お前は今までに反社会的な行為ばかりを行い、善なる行為は全く行わなかった。それだけでも死刑に値する」と宣告される場面があります。監督が訴えたかった事が凝縮されているシーンでした。

その映画のシーンが説明しているように、反社会的行為は悪で、社会的行為は善であり、善悪の基準は社会であるという事です。

私達は、社会という人の群れの中で、共生し支え合って生かされています。戦争というような大悲劇があって社会が乱れておれば、個人の幸せ追求などは出来ません。平和で住みやすい社会があってこそ、私達は人間らしい生活が出来ます。従って、私達個々の幸せ追求の源は社会にあると言えます。

そういう自覚も認識もなく、私達は明日も必ず平和であるという前提のもとに、利己的な振る舞いばかりをして、社会性ということを全く考えない事が多いのですが、昔も今も個人と社会との関わりを切り離して思考してはいけないのです。

♥借金をして生きている

私達が社会の恩恵を受けて生かされている事は真理です。恩恵を受けているという事は、別の分かりやすい表現をすれば、私達は借金をして生きているという事と同じです。従って、その借金を少しでも多く社会に返済出来る、即ち社会貢献の出来る生き方をすれば、自ずと自分の人生も充実出来るという構図になっているわけです。

各々の立場というものは、個人の能力や努力を超越した運命的なものが大きく影響しています。従って、借金をしているといっても、これだけのものを返済しなければいけないというような事はありません。

「働かざる者、食うべからず」という言葉があります。人は社会の恩恵を受けて生かされているのですから、働ける者は働いて社会に貢献する義務があります。それが分からないで怠けて働かない者は、生きている資格がないと言っているのです。

働いてさえいれば、それだけで間接、直接に社会のために役立ち、借金を返済している事になりますので、返済はそれで十分です。

借りがあるのは確かですが、幾ら借りているか、数字で表せるものではありません。また返済の仕方も幾ら返済しなければいけないというようなものではありませんが、人並み以上に借金を返済出来た者は、人並み以上に自分の人生も充実する事は確かです。従って、自分の人生をもっと充実させたいと願っている人は、人並み以上に借金を返済出来る人にならなければいけないわけです。

人並み以上に返済の出来る人になるという事が、自己の人生の充実にとってキーポイントになるわけですが、そうなるには、どうしたら良いかという事になります。

マズロー博士の欲求の段階説を引用すれば、第三段階までは愛によって得られる楽しみ、またお金を使って得られる楽しみを求めている人達で、一般的にはそういう人が圧倒的多数ですから、それは並みの生き方でしょう。富豪の家の人であっても、それは運命に恵まれただけで、第三段階までが楽しみのすべてと思っている人は並み止まりです。並み以上の人というのは第四段階の承認の欲求を実現させている人という事になります。

承認の欲求の実現はお金では買えません。従って、承認の欲求を実現出来た人達は、そのために相当の苦労や辛抱や我慢をした人達です。従って、経験を通して確かな人生観を有するようになっています。確かな人生観を持っている人は、それだけ心にゆとりがある人ですから、他者に対して思い遣りの気持ち、優しい気持ちで接する事が出来ます。他者に優しい人は自分も心豊かに生きられている人で、そういう人は精神的に充実しています。

精神面だけでなく、お金に関しても同様です。「儲ける」という字は、「信」と「者」が合体して出来ている文字で、お金を儲けるには、大勢の「者」から「信頼」されるようにならなければ、儲ける事は出来ないという事を表しています。

お金では幸せは得られないと前述しましたが、それはお金を使って簡単に得られる楽しみばかりを求めていては、幸せになれないという事で、儲けるという事は別問題です。お金は、儲けの文字の如く、他者から信頼される人にならなければ人並み以上に儲ける事は出来ません。お金はその人の社会的値打ちのバロメーターとも言えるものですから、お金儲けは大変意義のある事です。お金を人並み以上に儲けている人は、人から信頼され尊敬されている人で、自己の存在価値を承認されている人です。そういう人は、社会性という事に対しても、自覚を高く持っています。社会性を重んじる人は、素晴らしい人格を備えている人で、お金というものはそういう人の所へ多く流れて行きます。

お金を儲ける事は、努力や頑張りや人間性の象徴ですから、お金に関しては使う事よりも、稼ぐという面で大いにお金に固執していただきたいと思います。

私は、自分の学院の先生方には三十万円稼げる人になれ。三十万円稼げるようになったら五十万円稼げる人になれ。五十万円稼いだら百万円稼げる人になれと発破を掛けています。しかし、それを実現させるには、マズロー博士の説く第四段階に進まなければ不可能です。

他者から承認される人にならなければ実現は不可能なのですが、その承認とは、高学歴者で知識が豊かで、社会的地位の高い人にならなければ駄目だという事ではありません。

学歴などなくてもいいのです。学生時代の成績が悪くても、そんな事は何ら関係ありません。無数に存在する職業の中で、名声を得られる人になれば良いという事です。うどん屋でもケーキ屋でも何でも良いのです。「あの人は」「あそこは」と人から良い評判を受ける人になれば良いのです。そしてその評判も、全国的に有名になればそれは理想ですが、自分が住んでいる狭い地域でも良いのです。承認されるようになるという事が肝心です。

♥子供の成績は親の責任

世の親達は、良い学校に入れれば良い企業に就職でき、良い企業に入って出世すれば、名利が得られるという図式に則って、勉強、勉強と子供を追い回します。名利と言っても大抵の親が考えているのはお金です。

若い時は、男女愛に大きな期待を寄せているのですが、その愛も頼りにならないという事を、年齢を重ねますと思い知らされますので「最後はお金」、お金が一番頼りという考えになります。従って、自分の子供には、人よりも少しでも多く収入の得られる人になってほしいと希望して、子供を勉強、勉強と追い回すのです。そのように、最終的にはお金の事を考えているのですが、もっと柔軟性のある思考で子供に対応していけないものかと、感じてしまいます。

現在は高学歴社会で多くの人が大学まで進みます。小学校から始まって六年、三年、三年、四年と合計十六年も学校に通うわけです。従って、学生の間に懸命に勉強やスポーツや芸術習得に傾注して、遠回りをしなくても、卒業したら直ぐに第四段階に進める目処《めど》をつける事が出来れば最良の進み方です。親は子供に将来どういう人生を歩みたいかを聞いて、もしやり甲斐のある仕事がしたい、お金持ちになりたいという答えが返ってくれば、そのためには第四段階に進まなければ実現出来ないという事を説いてあげる事です。

第四段階に進むには、人から自分の存在を承認されるようにならなければ実現はしません。自己の存在を承認されるには自分の事ばかりを考えるのではなく、他者のために役立つ活躍をしなければいけません。人のために役立つには何か無形の財産を有していないと、活躍は出来ません。そのためには、その資格を有しているだけで大きく活躍出来るライセンスを取得する。また、プロのスポーツ選手になるか、芸術家になる。企業人となるのであれば、自分が社長になるか、管理職の上位に位置する人になる事が必須です。そういう人になるには、十六年間も学校に行く、その間に目処がつけばベストの進み方ですから、遠回りをしなくて済むように、将来の事を考えて学生時代にしっかりと勉強するのが一番賢い取り組みである事を、論理立てて、子供に説明をしてあげればいいのです。遊ぶことは社会人になってからいくらでも遊べるのですから。そうすれば子供も理解が深まり、自主的に頑張る子供が増えるのではないでしょうか。

子供に話をする時に大切な事は、「子は親の背中を見て育つ」と言われるように、親の影響を大きく受けますので、親自身が子供の手本になれる存在であるかどうかという事です。

親は子供の事はすべて把握しているつもりでしょうが、子供も同様に親の事はよく分かっています。子供が「親は偉そうに言うけれど大した事がない」と捉えていたら、親はいくら説教しても子供の心に響かないと思います。

また、子供が自分の親を見て、尊敬に値する親ではないと感じたとしたら、それは親自身が確かな人生観を持っていないからであって、そういう親は、恐らくこのような事を論理立てて説明が出来ないのではないでしょうか。そこが大きく問題となるところです。

子供も中学生くらいになりますと、成績の面において先の見通しが明確になってきます。私の経験から言いますと、小学生の間は真面目で親や先生の言うことをよく聞く、従順な性格の子供が平均して良い成績を取ります。しかし、中学の二、三年くらいになってきますと、自主性とか頑張りという性格が成績に表れてきて、本当に勉強に集中できる子供と、そうでない子供との差が明確になってきます。知識で身を立てるというような事は、間違っても出来ない事が判然としてくる時期がありますので、親は親馬鹿にならないで冷静に見極める事が必要です。その段階で駄目な子供は、いくら追い回しても駄目なのですから、駄目なら駄目で良いではないですか。

駄目なのが分かっていて、親がまだ成績にこだわって子供を追い回すから、親子関係までおかしくなって、その結果、子供は家に居づらくなって外に目を向けだし、非行に走ってしまうまでに発展してしまうのです。

子供の成績は大半が親の責任なのです。それを忘れて、子供を追い回して、挙げ句の果てに非行に走らせるというような結果を招いてしまうのは愚の骨頂です。

駄目だといっても成績が駄目なだけで、第四段階に進めなくなったというわけではないのです。どんな子供にも他に良い面はいくらでもあります。成績が駄目なら少々遠回りをしても、ほかの方面で第四段階に進めるように導いてあげればいいのです。

ＮＨＫのラジオ放送で『子供の悩み相談』という番組があります。その放送を聞いていると、子供の事よりも「まずお母さんが道理にかなった言動を取れるように、改めなければ」「お母さんがもっと賢くならなければ」「あんたが駄目だから子供がそのようになってしまうのだ」と、思わず叫んでしまいたくなるような母親が沢山います。そんな親にならないように、道理の見極めがきちっと出来る親になる事が一にも二にも肝要です。

子供を導く時に、親が理解しておかなければいけないのは、勉強もスポーツも芸術も多少の先天性はありますが、頑張り通した結果であるという事です。何事に取り組んでも頑張り通す根性が一番肝心です。一番大切なのは辛抱、我慢、忍耐、努力という根性です。そういう根性のない人間は、人並み以上の生活を望んでも無理ですから、子供に「お前は人並み以上の生活をしたいのか。それとも並みでよいのか。並み以下でもよいのか」を、親が子供に押し付けるのではなく、子供が自分で答えを出すように話し合えばよいのです。話し合った結果、子供が人並み以上になりたいという事であれば、根性がなによりも大切である事を説き、根性のある子供になるように育て導いてやるのが、親の一番の責務なのです。しかし、一般的には子供と真正面から向き合って話し合える親子関係が出来ていなくて、親が子供の機嫌ばかり取って甘やかし、軟弱な性格の子供に育ててしまっている場合が多いのが現実です。

親は「子供のため」とよく言います。本当に子供のためにと思っているなら、「可愛い子には旅をさせよ」「愛の鞭」というように、少しでも早く自立出来るように厳しく躾けるべきです。それが出来ていない親が多いという事は、子供のためと言いながら、親自身が一番子育てを楽しんでいるからです。親の気の済む一番都合の良い育て方をしてしまっているのです。

根性をもって頑張り通せば何とかなるのが人生です。成績なんか悪くても、頑張れる根性を養ってやるのが大切です。その根性も親の背中を見て、身に付けていきますので、親の責任は重大です。

人生は自己の人生の充実が終極の目的ですが、その自己の人生をより充実させるには、自分、自分と利己的に考えていたのでは充実させる事は出来ません。世の中はギブ・アンド・テイクで、自分が大きく成長したいと希望すれば、他者のために大きく貢献しなければなりません。

苦楽の言葉と一緒です。楽しみと苦とは表裏一体のもので、苦労なく得た楽しみは喜びも少ないのですが、苦労が大きいと得られる楽しみも大きく、苦労して得た楽しみには永続性がある楽しみが多いのです。

また大きな借金を返済出来た者が、自分の人生も充実するというのと同じです。社会に対して大きく貢献出来た人は、その分必ず自分も大きな喜び楽しみを得られますので、自分の幸せのために社会性という事を疎かにしてはいけないと思います。

自分の事が一番大切だから人に尽くす、この事は若い人には理解出来ないと思いますので、親が教示してやらなければいけない事です。

第六章　死を見つめれば明るくなる

♥人生は瞬時に立ち去る時間

人は早い晩《おそ》いの違いはあっても必ず死を迎えます。人の命の無常は大宇宙の見地からすれば瞬時に過ぎ去ってしまう、はかないものだと仏教では教示しています。その瞬時に過ぎ去ってしまう時間が人生そのものです。

各々に与えられた持ち時間には多少の長短はあります。早くに死出の旅路に向かう人は、「自分だけ何でこんなにはやくに逝かなければならないのか、なんと不公平なことか」と神仏に怒りをぶつけて嘆き悲しみます。

死について吉田松陰は「たとえ少年の身で死んでもその短かさのなかにちゃんと春夏秋冬がある」と述べています。人生は春夏秋冬の繰り返しであり、ほとんどの人はそれを経験するのだから、各々に授けられた長短の運命は問題ではない、人生の中身が大切であるという事なのだと思います。

人によっては早晩死ぬのだから「どうなってもよい」と虚無的に捨て鉢に考える人がいますが、仏教が教示しているように朝露の如く消え去ってしまう儚い命だからこそ、内容のある人生にしなければと考えなければいけないのではないでしょうか。

人生を大切にするという事は、宇宙の時間は無限でも、自分に与えられた時間は有限ですから、その時間を自分のために如何に有効に使うか、その一言に尽きると思います。

論語に「子曰く、われ十有五にして学に志す。三十歳にして立つ。四十歳にして惑わず。五十歳にして天命を知る。六十歳にして耳に順《したが》う。七十歳にして心の欲するところに従えども、矩《のり》を踰《こ》えず」（要約）とあります。
・私は十五歳の時に学問によって身を立てようと決心した
・三十歳で自分の立場が出来た
・四十歳で自分の方向に確信をもった
・五十歳で天から与えられた使命を自覚した
・六十歳で、誰の意見にも素直に耳を傾けられるようになった
・そして七十歳になると、自分を抑える努力をしなくても調和が保てる自在な境地に達した

と孔子は言っています。これを読むと、孔子は天才肌ではない、自分に与えられた時間を真面目に大切に使った努力家ではなかったかという感じがします。特別な存在でなく一般的であるからこそ、自分達の人生と照らし合わせた時に、人生のバロメーターとして大変参考になり、私達の心に重く伸《の》し掛かってくるのだと思います。

自分に与えられた時間には限りがありますので、その時間を如何に有効に使うか、それによって人生の中身が決まる事を、この文から痛感させられます。

世の中は競争原理で成り立っています。だからといって人生は誰との戦いでもない、

自分に与えられた時間を、自分で如何に有効に使うか、自分自身の心との戦い以外のなにものでもない事を同時に思い知らされます。

♥自主性のある子供は目標が明確

小学校五、六年生で夜の十一時ぐらいまで塾で勉強している子供達がいます。私学を目指している成績優秀な子供達です。夜遅くまで勉強に励んでいる様子を目にして、「子供はもっと伸び伸びと子供らしく育てなければ」と、悟り切ったような事を言う大人がいます。子供は嫌がっているのに無理にさせているのであれば、過酷な状況ですから、その言葉が当てはまります。

しかし、ここに取り上げた子供達は勉強する事が好きで、自主的に勉強している子供達ですから、「子供は伸び伸びと」などというような批評は当てはまりません。嫌だけど仕方なくやっているのではなく、楽しんで自主的に行っているのですから、これほど素晴らしい事はありません。

本当に賢い子供は親や先生から「勉強しなさい」と言われなくても自主的に勉強をします。子供の頭脳は柔軟で許容量が大きいので、自主的に勉強すれば知識はいくらでも蓄積できます。従って、そういう子供は益々成績が向上します。

勉強には自主性が最も大切ですが、なぜそのような自主性を備えた賢い子供になるのでしょうか。負けず嫌いで根性のある子供に育てられた、また、親の背中を見て育つと言われているように、親から様々に良い影響を受けたのだと思われますが、一つ確かな事は、子供ながらも将来図をしっかり描いて、目標を明確にしているから自主性のある子供に育ったのだと思います。真宗の教えの「後生の一大事にそなえて――」という事を、賢い子供は早くから感じ取っているのだと思います。

そういう子供は、自分に与えられた時間を、早い時期から有効に使っていますので学校でも良い成績を取り、そのまま行けば社会人になっても確かな立場を確立できる人になるのです。

孔子は十五歳で準備に入り、一生懸命に勉強して、三十歳で自分の立場を確立したと言っています。それから更に十年の年月を経て、「四十にして惑わず」ですから、その立場が揺るぎないものになり、これで行けると自信を持つまでに二十五年間要したという事です。

「五十にして天命を知る」ですから、世の中のためになる働きが出来るようになり、自己の存在が承認され、承認されている事の喜びを感じ取れるようになり、世の中のために必要とされている事に対する自信が持てるようになるには、更に十年の年月が必要です。つまり、一つの事を成就させるには、それ相当の年月が必要である事を諭してくれています。

事を為すにはそれ相当の時間が必要なのですが、現在は豊かになっていますので、じっくり腰を落ちつけて辛抱強く取り組むという事が出来ない人が増えています。幼い時から、我慢をする、辛抱をするという事がなく、甘やかされて育てられているためです。

甘えの一環として若い人達は、現在の社会は成熟していて、我々若者は立ち入る隙がないと言います。若い者は、自分達は意欲がないのではなく、受け入れる社会が悪いのだと言い訳をするのですが、それは甘えであり、世間知らずの意見なのです。

若い者が、社会が成熟していて立ち入る隙がないとぼやくのは今に始まった事ではありません。各時代、時代の若者は同じようにぼやき嘆いてきたのです。それは、将来を見通す先見の明を有している人は極く少数で、大半の人は将来を見通す事が出来ずに、現状だけを見つめているだけだからです。現状だけしか見えない者にとっては、どの分野も人は満杯で十分に足りているように見えますので、自分達は割って入り込む隙がないと感じてしまうのです。いずれの時代の若者も、先見の明のない者は同じような感じ方をしていたわけで、それは真相を見極める能力がないからそのように考えてしまうのです。

歴史を見れば歴然としているように、社会状況というものは無常の言葉の如く、常に移り変わっていて一定であるという事は絶対にありません。確実に変化しているのですから、どのように移り変わって行くか、時代の推移について洞察できるように勉強をしておけば、入り込む隙間がないなどとぼやくことなく人生を歩んで行けるのです。

また、今の社会を支えてくれている人達は、必ず年老いて第一線から退いていきます。世の中は順送りで、次は自分達が時代を支えていかなければいけないのです。

今、社会を支えてくれている人達は、支えるだけのパワーを身に付けるために、若い時には、今の若い者に負けないくらいに努力や苦労を重ねて勉強をしてきた人達です。現役の人達は懸命に頑張ってきた結果として、社会を支える事が出来ているのですから、若い人達は現役の人達以上に勉強をして、社会を立派に支えるためのパワーを十分に備えておかなければいけないのです。立派に社会を支えるパワーを身に付けるには、それなりの経験が必要です。従って、直ぐに第一線でと性急に考えないで、先に照準を当てて十分に備えておけば、かならず自分達が主役になれる出番が回ってくるのです。歴史はそういうふうに回転しているのですから、そういう事が分からないという事は世間知らずの甘えた思考です。

♥お稽古事の三つの段階

お稽古事でも同じです。お稽古事の理想の取り組みを表す言葉に「修」「破」「離」というのがあります。「修」というのはおさめるという事で、一人前に出来るようになるまで励む期間です。自己の人生をもっと充実したものにしたい、そのためには何か無形の財産を身に付けなければ実現が不可能である。その理屈はよく分かっているので、自己の人生の充実のために何かに取り組む人は物凄く多いのです。しかし、大半の人は挫折していきます。何事も一人前に出来るようになるには簡単ではない、それなりの難しさがありますので、取り組む限りは情熱を持って、それ相当の時間が掛かる事を承知の上で取り組まなければいけないという事です。こういう理屈は何も難しい理屈ではありませんので、多くの人達は分かっているはずなのですが、結果的には大半の人が挫折します。なぜでしょうか。それは、現在は豊かですから、買い物を楽しんだり、旅行を楽しんだりと娯楽で適当に気持ちを紛らわせる事が出来て、何としてももっと人生を充実させなければという切羽詰まった気持ちがないからです。

豊かな時代になって、経済的、時間的にゆとりが出来てきたのですから、より大きな心の潤いに繋がるような教養を高める事に傾注して取り組めるはずです。しかし、豊かになったために逆に、苦労や我慢や辛抱をしなくても簡単に手に入る、娯楽などの楽しみにばかり目を向ける人が多くなっているのです。

人間は不思議なもので、豊かになれば、人は何のために生きているか、生きて行くために何が一番大切なのかという根本について、真剣に考えられなくなるのです。豊かになって、根本が理解出来ない人が増えてきたから、「修」の段階をクリア出来る人が少なくなってきているのです。何に取り組んでも理屈は何も難しい事はありません。難しいのはこの「修」の段階をクリアする事です。

「破」は一人前に出来るようになったら、それに満足しないで様々に研究をして自分なりのものを作り上げるという事です。何事に取り組んでも、取り組む目的は自己の人生の充実です。その充実には、取り組んでいることそのものから大きな楽しみが得られるようにするという事が絶対条件です。より大きな楽しみを得るには、他者から自分の存在価値を承認されるようになるという事が絶対条件になります。他者から自分の存在を承認されるようになるには、教えられた事をそのまま受け売りするのではなく、独自の創造、創作を加えて新しい彩りにして取り組む事が肝要です。従って、一人前に出来るようになったらそれに満足していないで、次の「破」の段階に進めという教えです。

「離」は学問という言葉と同様です。学んだ事、身に付けた事は自己満足に止まっていたのでは何の値打ちもないのです。他者のために役立ってこそ価値があり、また自分もその事で磨かれていきますので、独自の境地を切り開いて他者のために役立つ働きをしなさいという事です。

何事に取り組んでもここまで到達して始めて大きな楽しみ、喜びが得られるようになりますので、人生をより充実させたいと思えば、「離」の段階まで頑張らなければいけないというのがこの言葉の教えです。

このような理屈が分かりますと、何事も事を成すには時間が必要であり、自分に与えられた有限の時間に思いを馳せる事は重要である事が判然とします。

♥私の臨死体験

人生とは生まれてから死ぬまでという意味で間を表しています。その空間は時間の事で、人生とは時間そのものです。多くの人達は、人生とは具体的に言えば時間そのものである事を実感出来ていませんので、貴重な時間を無駄に捨てています。私も若い時は、大切な時間を随分無駄にしました。それではいけないと、時間の大切さを悟ったのは二十四歳の秋口に一度死にかけてからです。

私の母は私が三十歳の時に亡くなったのですが、生前も病弱で、三度ほどもう駄目かもしれないと思った時がありました。幸いに生き返ってくれた母が、三度とも同じ話を私に聞かせてくれました。

臨死冥土に行った話です。川の向こう側がほんの少し丘陵地になっていて、綺麗なお花が咲いているお花畑で、そこに何故か母の母が立って、対岸にいる自分を見つめていたという話でした。三度目の時は本当に駄目だと私も思ったのですが、その時は母の母が笑って手招きをしていたという事です。母が言うにはその手招きに応じていれば死んでいたという事です。しかし「自分はお母さんの所に行きたいけれど、私にはまだ面倒を見てやらねばどうしようもない幼い子供がいるので、今はお母さんの所には行けない」と気丈に拒んだという話を、何度も何度も聞かされました。

母からよく聞かされていた、その臨死冥土の体験を私も二十四歳の時にしたのです。お花畑があって綺麗なお花が一面に咲いていたという風景は全く同じです。

臨死して冥土の入口まで行った経験は小学校六年の時も一度あります。泳ぎに行って妹がおぼれているのを助けに行って、自分も一緒におぼれてしまった時です。克明に記憶していますが、おぼれて死ぬ時は「苦しいだろうな」と経験のない人は思いますが、全く苦しい事はありません。一息大きく水を飲みますと息が出来なくてそれで意識がなくなり、ふわあっと宙に浮いたような感じで谷底に落ちて行く気分だけです。幸いどこかのおじさんが見ていて直ぐに助けてくれたのですが、助け上げられて息を吹き返した時に少しむせて苦しかった事を覚えています。

阪神淡路大震災の時に倒壊した家屋に足を挟まれて、火災が身近に迫っているのに逃げられないで焼死したという人がいました。火が間近に迫ってきて、じりじり焼かれていく光景を思い浮かべますと、背筋が凍る思いがしますが、恐らく人間には究極の状況に陥った時は防御作用がはたらき最後まで苦しまずにその前に意識がなくなって、お花畑を誰かと楽しく歩いているのだと思います。人は臨死冥土の時間を少し体験してから、この世に蘇生するか、そのまま本格的な冥土の旅を始めるのではないでしょうか。その臨死冥土の間は阿弥陀仏が住む極楽浄土のように、美しい花が咲き、美しい音楽が流れている世界を通過するのだと思います。臨死冥土の体験をした人は、必ず花が一面に咲いている風景を見ますので、お経にある極楽浄土の世界は、そういう事が根拠となり創作されたのではないかと思ってしまいます。人は臨死冥土の間はお花畑の中で誰かと語らってから出掛けますので、そう思えば少しは死の恐怖が薄れるのではないでしょうか。

水上勉先生は臨死冥土の時は一番気に掛かっていたものが現れるとおっしゃっておられます。私の母の場合は母の母でした。祖母は早くに亡くなったそうで、母はいつも祖母の話をしていましたし、母の心を祖母が占めていたので、祖母が現れたのだと思います。しかし、私の場合は高校の時に亡くなった友達が現れました。それまでに友達の事は一度も懐古した事がありませんので、水上先生のおっしゃっている事とは少し違うかもしれません。「森岡、なんでお前が此処に」と叫んだときに、医者の処置が早かったので意識が戻って、この世に戻って来ました。

皆さんは既に御存知だと思いますが、この世とあの世の間にあるのが冥土です。死ねば四十九日間冥土を旅して、七日毎に七回前世の行いについて裁判を受けます。四十九日目に地獄道、餓鬼道、畜生道、修羅道、人間道、天道の六道のどの世界に行くかが決定します。それが満中陰《まんちゅういん》です。

人は死ねば六道の世界で輪廻転生を繰り返すと言われています。初七日と四十九日の法要は、初めと終わりの大切な裁判ですから法要を行い、仏に死者を守ってやって欲しいと祈りを捧げるのだと思います。

そのように、仏事の中に六道に関する行事が組み込まれていますので、輪廻転生というものは仏教の教理の一部だと思っている人が多いのですが、輪廻転生や因果応報というものは、人々の心に道徳心を養うための訓話であって、真の仏教の教理ではありません。

真の仏教の教理ではありませんが、実《まこと》しやかに話をして、人心を惑わし、布施をさせるための手段として用いるところがありますので、仏教の尊厳を失墜させてしまうのです。

♥苦楽を体験して学習する

神仏と私達との関わりですが、神仏は私達がどんな困難に遭遇して苦しんでいても、絶対に助けてくれるものではないと、私は確信しています。何故ならば、神仏は私たちに命と自然の恵みという最高のものを既に授けてくれているからです。

人間世界は人の命と自然とその産物で成り立っています。命と自然の恵みという最高のものを、神仏は既に私達に授けてくれていますので、後は何があっても自分達の力によって解決していかなければいけないのです。

苦と楽は表裏一体で、苦があるから楽しさが実感でき、楽があるから苦しさが分かるのであって、そういう事を自分たちで体験して学習していくのが人生です。従って、どんなに助けて下さいとお百度を踏んで、多額の布施をしても助けてくれません。死んでいく者は、どんなに祈っても死んでいくのです。

祈りというものは、自分の願望成就や病気治癒を願ったりするものではありません。祈りは、私達に命と自然の恵みを与えてくれている事に対して感謝の気持ちを捧げる事です。そしてもう一つは、「これからも頑張りますから見ていて下さい」と精進の誓いをする事なのです。

それでは何のために宗教が存在するのか。宗教の存在意義に疑問を持たれる人もあると思いますが、仏教の場合は、何が起こっても平然と受け止めて、動揺する事のない精神を養うものです。

仏教では「生」「老」「病」「死」の四苦と、「愛別離苦《あいべつりく》」「怨憎会苦《おんぞうえく》」「求不得苦《ぐふとくく》」「五蘊盛苦《ごうんじょうく》」の四つを合わせて四苦八苦と言っています。愛別離苦は愛する人と別れる事の苦しみを言います。愛する人との別れは本当に悲しい事です。しかし、「色即是空」の教えの如く、すべてが空ですから、何事が生じてもこだわらない心を養っていれば、悲しみを和らげて立ち直る事も早く出来ますので、こだわらない強い精神を養いなさいと教示してくれています。

神仏に祈りを捧げても助けてくれないのなら祈っても仕方がないと思う人がいるかもしれません。しかし、それは間違った考えです。私達人間の生きて行く目的は自己の人生の充実です。その充実は心の潤いによって自覚するものですから、一番大切なのは心なのです。心を豊かにする事が一番大切で、心を豊かにするには、人の力を超越した神仏の加護を感じ取り、神仏の加護に素直に感謝出来る心を有している事が肝要です。

何に対して一番最初に感謝を捧げねばならないかを、皆さんは考えた事がありますでしょうか。人は様々な歴史を経て、その線上で自分が存在しています。自分の母のその母のそのまた母、自分の父のその父のそのまた父というように、歴史の線上に自分が存在しているのです。この世に存在出来ているのは祖先という仏の存在があるからです。

苦しい事ばかりで、面白くも楽しくもない。「これだったら死んだ方がまし」と思う人生であったとしても、この世に存在しているからそのように感じ取る事が出来ます。自分の命は自分の力で絶つ事が出来ます。しかし、自分の命の出生は自分の力ではなんとも出来ません。自分の力ではどうする事も出来ない、人の力を超越した偉大な現象によって授かった命、育んだ命ですから、どんな人生であっても、生きている事に価値があり、生きている事を有り難く思わなければいけないと思います。

現在は医学も大変発達していまして、命の誕生に対してはそんなに大仰に考えなくてもと安易に考え勝ちです。しかし、医学の力で簡単に命の芽が誕生しても、それを育んで行くには人の力だけではどうにもならないのです。自然を代表する太陽の恵み、それら自然の偉大なる現象を神々と称しているのですが、偉大な神の恵みがなければ命を育んでいく事は出来ません。自殺を禁じている宗教が多いのですが、自分の命であっても神の偉大な恵みがあって生かされているのですから、自分の意のままに命を扱ってはいけないという事ではないでしょうか。神仏や社会の偉大なるパワーによって、私達が生かされている事は現実です。

歴史の線上に自分が存在していると言いましたが、系譜が途切れてしまって、今の世に繋がっていない人も計り知れないのです。そういう事を考えれば、命を授けてくれた祖先という仏に感謝の祈りを捧げるというのは自然の行為です。また生きて行くための、命の糧を与えてくれている自然の神々に対して感謝の意を捧げる事も当然の行為です。

私達は両親の愛によって育まれてきましたので、「親の恩は海よりも深し、山よりも高し」で、親に対して感謝の気持ちを絶対に忘れてはいけません。忘れてはいけませんが、しかし両親もまた祖先があって、自然の恵みがあって自分達と同じように存在出来ていた事は事実ですから、感謝の気持ちを捧げる順序を考えた時、先ず神仏に対して祈りを捧げるのがもっともな筋道であると思います。

♥与楽の楽しみ

マズロー博士の欲求の段階説は、解釈を変えれば楽しみについて述べている事になるのですが、楽しみにはマズロー博士が記していない楽しみがあります。それが与楽《よらく》の楽しみです。

キリスト教では愛と言いますが、仏教では慈悲と言います。衆生を慈しみ、あわれむ心の事です。慈とは、いつくしむ事で、人に楽を与えようと望む心で、いわゆる与楽の意味です。悲は、人の苦しみを除こうと思う心、いわゆる抜苦《ばっく》の意味です。人は神仏の加護や不特定多数の人達に支えられて生きています。そういう大きな愛を、ありがたいと感じ取る喜びです。これを、仏の慈悲にあやかって与楽の楽しみと言っています。

私達人間も草木も石ころもマクロ的見地からすれば、宇宙を構成している一つの要素にしかすぎません。与楽の楽しみが感じ取れるようになりますと、草木などすべては宇宙を構成する自分の仲間である事が実感出来るようになります。そういう感じ方が出来れば、自我は和らぎ、素直に神仏に感謝出来る、ゆとりある心が生じてきます。神仏に素直に感謝の祈りが出来るのは心にゆとりのある証です。心にゆとりのある人は、自己の人生を充実したものに導いてくれますので、神仏に祈りを捧げる事が大切なのです。

最近、子供写真館というものが出来て、宮参りや七五三の儀礼の時は、写真館で記念撮影をして、それだけで終わりという人達が増えています。こういう人達は儀礼の意味合いを全く理解出来ていない人達です。記念撮影というものは、大切な儀礼があって、その儀礼を滞りなく行った、その思い出に写真を撮って残しておきましょうというものです。記念撮影がメインではないのです。しかるに記念撮影だけで終わってしまう人が多数います。そういう理解しかないから、人間関係が貧困になっていき、こんなに物が豊かになっているのに、その豊かさに比例して豊かな心を育む事が出来ない、その一因になっている気がします。

子供を産む、子供が生まれるという事は、両親と生まれてくる子供の親子三人だけの問題ではありません。神仏や社会の加護のお陰なのです。このように言っても理解出来ない人がいると思います。即ち親が存在出来ている事そのものが、神仏や社会の加護のお陰なのですから、当然生まれてくる子供も同様です。

前述しましたように「自分は誰の世話にもなっていない。自分は自分の力で働いて生きている」という人がいるのですが、そういう人は社会の仕組みが分かっていないのです。

生きて行くにはお金が必要です。お金は仕事をしなければ入りません。その仕事は不特定多数の人達の支えがあって成り立っています。自分一人の力なんか微々たるものので、大勢の人達が支え合って一緒に仕事をしているから、自分が存在出来ています。仕事一つを取り上げても然りで、すべてそのように人々の支えによって社会が成り立ち、その社会の一員として自分が生かされています。そのように、人々は神仏の加護があって存在出来ているのですから、何をおいてもまず神仏に感謝の意を捧げる心掛けが大切で、その感謝と精進の誓いをする行事として宮参りや七五三という儀礼があるのです。

昔も今も、嬰児、幼児の死亡率は一番高いのです。嬰児期から幼児期に、幼児期から少年・少女期にと生育していくその節目が一番難しい時期なので、その難しい過渡期を無事に越えられた事に感謝し、これからも無事に育つようにと精進の誓いをするのが七五三等の通過儀礼の本意です。

通過儀礼を疎かにしないで、大切に執り行うように先人が今に伝えてくれています。それは、何度も繰り返しますが、神仏に対し感謝の気持ちを持つことは自分達が楽しく幸せに暮らすための大きな要素となる、心の潤いに繋がるからです。

現在は洗礼を受けていない人でも、結婚式だけはキリストに誓いをする人達が多数います。生まれた時は氏神に守ってくださいとお願いに行き、おそらく死んだときは仏式で葬送される人達だと思うのですが、なぜ結婚式だけキリストに誓うのでしょうか。日本人の生命に大きく関わってきた神仏は驚いているのではないでしょうか。儀礼は神仏に感謝と精進の誓いをする行事で、祈りの対象が結婚式だけはキリストでは、古代から日本人に関わってきた神仏は蔑ろにされたことになりますが、そういう事はあまりたいそうに考えなくても、どうでもよいことなのでしょうか。私も二人の子供がいますが、私の子供も結婚式にはドレスをと希望していましたが、ドレスを着たいのであればお色直しの時に着ればよいことですから、教会での挙式は絶対に許しませんでした。

♥心を豊かにする感謝する心

結婚をしてそれぞれに家庭という核を持ちますと、親兄弟といえども日頃は忙しくて疎遠になり勝ちです。親兄弟、親戚縁者が一堂に会して談笑できることは大きな幸せの一つですから、日頃疎遠になっている家族同士の取り持ちをしてくれるのが儀礼なのです。人間関係を円滑に導いてくれるのも儀礼の効能の一つですから、自分達家族の幸せのために儀礼を疎かにしてはいけないと、先人達は今に伝えてくれています。

大切な事ですから何度も何度も繰り返しますが、自己の人生の幸せにとって一番大切なのは、心の潤いです。お金は何のために使うのか。お金で心の潤いを買うのです。従って、一番大切なのは心の潤いなのです。その心の潤いのためには、例えばお正月には家族全員で氏神さまに詣でて全員でお屠蘇を祝う、そういう儀式は大切なのです。

そのように一番大切なのは心の潤いであるという事が認識出来れば、儀礼の重要性という事が分かるのではないかと思います。

儀礼の意義を親が十分に理解し、子供が物心がついたら「お前達は神仏や社会の加護があって此処まで来られたのだから、そのお礼にこうしてお参りをしているのですよ」と教えてあげてほしいと思います。親からそのように教えられた子供は、感謝する心、他者を思いやる優しい心を育み、豊かな心の持ち主になることは確実です。

また、私達は子供の時に、親が私達のために行ってくれた、儀礼も含めた遠足や運動会などの様々な行事の思い出は、忘れることなくいつも心の片隅にあって、時々は親の恩を思い出して、しみじみと懐古することがあります。そういう時は何故かノスタルジックな気分になります。きっと幼い時に母に抱かれていた気分になるのだと思います。そういう思い出というものは、人間にとって大切な財産となるものです。そういう財産は、子供が自ら作れるものではありません。親が作ってあげなければいけないのですから、親は儀礼の意義を十分に認識して、邪魔臭がらずに億劫がらずに、良い思い出作りのために、儀礼等は積極的にやってあげてほしいと思います。

また、儀礼は親も当人も容儀を整えなければいけません。そのためには少々お金が掛かります。少々のお金は必要ですが、一人前の社会人として世間に恥ずかしくないように、立派に親としての責務を果たしなさいと奨励しているのが儀礼です。そのためには仕事に励み、普段は切り詰めて始末しても、儀礼の時には立派に執り行って、世間の人達から甲斐性のある立派な親だと評価を受けるように頑張りなさいと、儀礼を通して私達に諭してくれているのです。

母から聞かされていた臨死冥土の体験を自分もしたというところから話は逸れましたが、自分も臨死冥土の体験をした事によって命の大切さ、即ち時間の大切さを悟りました。

私はそれまでに草花というものに全く関心がなかったのですが、冥土の入口に立って戻ってからは道端に咲く小さい花を見ても感動するようになりました。「綺麗に咲いてくれているね、有り難う」と、自分の仲間達に謝意が持てるようになりました。

みなさんは紅葉に花が咲くことを知っていますか。

私は冥土から帰るまでは、紅葉に花が咲く事は全く知りませんでした。冥土まで行ったお陰で、紅葉にも花が咲く事が見えるようになりました。草木にも心で接する事が出来るようになったので、小さな花も見逃さずに心で捉える事が出来るようになったという事だと思います。

人はプライドが高く傲慢なものですが、親を送ったり、自分が臨死冥土の体験をしたりと死に直面しますと、少しずつ角が取れて丸みが出てくるのだと思います。従って、死を少しでも早くに意識して、死から逆算して人生の組み立てをすれば、自分に与えられた時間を大切に、有効に使わなければという意識を強く持つようになりますので、少しでも早い時期に死を意識する事が大切です。

過ぎ去った時間は二度と戻ってきません。人生はその一時一時の積み重ねですから、その一時を大切にする事が重要です。

お稽古事等に取り組んでいる人の中には、先の事なんか考えても仕方がないのに、「自分はこれをやって指導者になろうと思っているわけではありません」とか「今は子供が大切ですから」とか「今は仕事が優先ですから」と様々に言い訳をする人がいます。

なぜそんな事を言うのかを分析しますと、そのように言う事によって自分の取り組みの姿勢を自己弁護しているのです。なぜそのように自己弁護するのか。自分は駄目な人だと思われたくないからです。

何かに取り組んでも、取り組みの姿勢は「自分の自由でしょう」と考えている人も少なくありません。そういう人と比較しますと、自己弁護する人の方が多少グレードは上ですが、まだまだ人生の深遠なる部分が見えていないのです。

どういう事かと申しますと……、

どんなお稽古事でも一緒ですが、「真面目」に「集中」して「継続」して実践する以外に上達の術はありません。また実践に結び付けるには、根底となる精神が肝心です。根底となる精神と実践が車の両輪のように、前に前に回転して行って技能が向上し、知識を習得して人は向上していきます。

しかし、お稽古事などは、別に出来なくても生活に何の支障もありませんので、その一時が楽しかったら良いという考えで取り組んでいる人が沢山います。そんなに真剣にならなくてもと思っている人が殆どです。しかし、不真面目はいけない、恥ずべき行為だという良識は持っていますので、自分は駄目な人だと思われたくないから、一生懸命に取り組む気持ちのない事を自己弁護するのです。

例えば、自分がその道の指導者になりたいと希望して取り組んでいるとしましょう。指導者になれるか否かという先の事は予測はできても、それはあくまでも予測であって、現実はどういう結果になるか誰にも分かりません。指導者になりたいと思って取り組んでも、自分で考えていたよりも難しくて、我慢出来なくて挫折していった人は沢山います。また苦労に耐えて頑張っていても、家庭に不幸があったり、転勤で仕方なく辞めていった人も沢山います。そのように、人生は無常の言葉の如く移り変わって行くもので、定まった状態で進行する事は絶対にないのです。先の事はその時になってみなければ、確実に捉えるという事は出来ないのです。それが真理ですから、先の事を考えても仕方がないのです。今を大切にする以外に最良の方策はないのです。

何も考えずに今を大切に頑張っている人は、技能も上達します。また知識も沢山習得出来ます。そして今を大切に頑張っている人は、気力が溢れてきて、身体の中から覇気が放出し、凛とした良い雰囲気のある人になります。また女性は年と共に顔に険と曇りのある人が多くなるのですが、今を大切に頑張っている人は険がなくなり、顔が輝いてきます。また頑張っている人は、目標に達しないうちに途中でリタイアしたとしても、その事から沢山のものが学び取れます。だから何に取り組んでも余計な事を考えずに、その一時を大切に頑張る事が大切です。先ざきに自分の取り組みを自己弁護するのは、一番大切なのは今だという事が分かっていないからであって、それは拙い行為です。

人生はその一時の積み重ねです。その一時を疎かにして中身の上積みは絶対にないのですから、お稽古を始めたならば貴重な時間を無駄に使わずに、目いっぱい学び取る姿勢が大切です。

こういう事は着付のお稽古だけでなく、何に取り組んでも一緒ではないでしょうか。そういう姿勢がないのに、自分の人生の充実を念じても、それは矛盾だという事を学び取らなければいけないと思います。

第七章　自我を和らげる事が幸せにつながる

♥自我を捨て、根本問題を考える

「一芸に秀でている人は万事に優れている」と言います。これは、一芸に秀でている人は何をやっても器用にこなすという意味ではありません。一芸に秀でている人は、秀でた一芸を身に付けるのに、それ相当の努力や苦労を経験し、それに耐えて頑張ったという事です。

言葉を替えて言えば、秀でたものを身に付ける過程で様々な事を学習し、確かな人生観を有するようになっている人が多いという事です。そういう人は、どんなものに取り組んでも、それ相当の難しさが伴う事を経験によって熟知しています。従って、何かに取り組むと決心したならば、難しさや困難が伴う事は当然の事として受け止めて、最後までやり通すから、何をやっても秀でていると言われるのです。

それに対して、一般の人、即ち一芸に秀でたものを有していない人ほど自負心が強く、「そんなものぐらいその気になれば」と思っているところがあります。「井の中の蛙大海を知らず」とはそういう人達を言うのでしょう。

そういう人達は、何に取り組んでも「何としても成就させなければ」という強い気持ちのない人が多く、自分の楽なペースで取り組みます。マイペースも様々ですが、自分の楽なペースで取り組んで、一人前に出来るようになるようなものは何一つありません。従って、マイペースで取り組んでいる人は必然的に他者よりも進み方は劣ってしまいます。しかし、そういう人は、「今は必要性を強く感じていないからであって、その気になれば、そんなものぐらい直ぐに出来る」と自負心をいっぱいに持っているところがあって、他者よりも実際に進み方が遅れていても、自分は他者よりも劣っているなんて事は微塵も思っていません。すべては、必要性を強く感じているか否かの違いだけだと思っているところがあるというのが一般的です。

何故そういう思考をしてしまうのか、一言で言えば人生観不足です。人生観不足の人ほど自我が強く、勝手な観念に凝り固まっているからです。

何かに取り組むと決心したならば、自我を捨て、客観的に何のために取り組むのか、根本目的を先ず考えなければいけません。思念すれば、その根本は自己の人生の充実であるというところに必ず行き着きます。そこに辿り着けば、そんな大事な目的で取り組むのですから、頑張らなければという気持ちになるはずです。

しかし、一般の人達は、終極の目的は自己の人生の充実のためであるという事が分からないために、遊びの延長で取り組んでしまいます。その場、その一時が楽しかったら良いという考えですから、苦しい事、辛い事に遭遇しますと、自分の希望していた思惑とは異なりますので、直ぐに投げ出して辞めてしまいます。

お稽古事などはなくても明日からの生活に何の支障もありません。その上に今は豊かですから旅行をしたり、買い物を楽しんだりと、遊びでそこそこ満たされていますから、我慢して頑張らなければいけないほど精神的に切迫していないのです。従って、意気込んで始めても、辛い事、苦しい事に遭遇すると簡単に辞めてしまいます。いとも簡単に辞めますので、自分の人生を良くしたいという願望を捨ててしまって、遊びに徹するのかというと、そうではないのです。そういう人は、また何かを探して始めます。しかし、どんなものでも簡単に出来るものはありませんので、また直ぐに辞めます。

どんなものでもそれなりの難しさがあり、難しいからそれで生業《なりわい》が出来ている人がいます。生業が出来ている人がいるという事は、難しさが伴うが、それに打ち込むだけの値打ちがあるという事です。

何かに取り組むという事は楽しみを得たいからです。そのものから大きな楽しみを得るには、例えばゴルフでもボーリングでも、下手よりも上手な方が大きな楽しみが得られます。何に取り組んでも、上手と言われる段階まで頑張って到達しなければ、そのものから大きな楽しみは得られないのだという事が分かっていないのではないでしょうか。

♥趣き深い人生にするには

お稽古事等はなくても明日からの生活に何の支障もない、いわば本道ではなく人生の脇道です。脇道はなくても本道さえあれば、人生の終着駅までは到達します。しかし、本道の実用性ばかりを求める旅は、車窓から見える景色に変化がなく趣の乏しい、味気ない旅になってしまいます。同じ終着駅まで行くにも、様々な脇道を通って、様々な景色を楽しんで進んだほうが趣の深い人生の旅になります。

良い旅をするのに一番大切な要素は心の潤いで、本道だけでなく様々な脇道を通って、色々な景色を楽しむ事によって大きく心が潤います。その景色の彩りは遊びでなく、お稽古事などの教養を高める事によって多種多彩に彩られるのだという理解が必要です。その事が分かれば、娯楽ばかりに現《うつつ》を抜かさないで、何かに取り組んだら頑張って確かな無形の財産となるものを身につけて、自己満足だけに終始しないで、他者のために役立つ活動が出来たら、遊びなどとは比較にならないほど、永続性のある大きな心の潤いが得られるのです。

そういう事が分かっていれば、何に取り組んでも頑張ると思うのですが、そういう理屈が分からないから、遊びの延長で取り組んでしまい、苦しい事に遭遇すると辛抱出来なくて直ぐに辞めるのだと思います。直ぐに辞める人は、他者のために役立つ働きをして、他者のために役立っていることの自信や喜びが、娯楽の楽しみよりも大きく永続性のある楽しみであるという事の体験がないからです。体験した事がないから、永続性のある大きな喜楽が得られると言っても理解出来ませんので、簡単に手にする事の出来る遊びのほうに走ってしまうのだと思います。

何に取り組んでも頑張らなければいけないという事は、皆さんはお子さん達に同じように説教されていると思います。しかし、大人は自分の事になると自己管理が出来なくて、自分を甘やかせてしまう癖があります。

義務教育以外は何に取り組んでも出入りは自由です。自由であるという言葉の裏には、義務、責任、努力、我慢、思いやりというものが付随してくるもので、自己管理が要求されます。

学校の先生に対して、親子揃って批判をしている人がいますが、教える者と、教えられる側との責任という事を考えた時に、教えられる側に圧倒的な比率で自己責任があります。

例えば、勉強でも技能でも一緒ですが、どんなに教えても肝心の本人がその気になって頑張らなければどうする事も出来ないのです。代わりにやってあげる事は出来ないのですから、本人が頑張る以外にないのです。学校の先生は、生徒達の成績が悪くても責任は取りませんし、また取る必要もないのです。

頑張るには根本となるメンタル面が大変大きく影響をします。例えば、自分が好きだと思っている先生の科目は成績が良いというようにです。従って、指導者はメンタル面で、教えられる立場の人達を大いに鼓舞してあげるという情熱は必要です。しかし、情熱のない先生だからといって、先生に対しての責任をとやかく言えるものではありません。教えられる者が指導者に大きく期待をし、責任転嫁をしたりするのは甘えではないでしょうか。誰のためでもなく、すべて自分のために行っている事なのですから、先生が好きだとか、嫌いだとかそんな事に関係なく、自分のために一生懸命に頑張らなければいけないのです。先生が好き、嫌いというのは公私混同で、公の場で自我を剥き出しにする事は拙い事です。私達は、自己責任、自己管理の意識をもっと強く持たなければいけないのです。

義務教育でないものはすべて入る時も自由なら出る時も自由、いつでも出入りが出来ます。出入りが自由という事は、それだけ自己管理をしっかりしなくては、自身の向上はないという事です。

以上の事は私の経験上で、多くの人達を見てきたままに書いた事ですが、私が直接目にした人達だけでなく、恐らく何処のお稽古事の人達も同じではないでしょうか。

豊かになったために「自分の人生はもうこの程度で十分」という人も増えています。しかし、本当に十分なのかというと、そんな事はありません。苦労や努力をしなくても、楽しみを手にする事が出来るという事であれば飛びついて来るはずです。苦労や努力をする事が嫌なだけで、もっと人生を良くしたいという願望を捨てたわけではありません。凡人は絶対に欲望は捨て切れるはずがないのです。捨て切れるはずがないのに、何に取り組んでもガッツのない取り組みをしてしまうのは、思考に矛盾が多すぎるからだと思います。そこで、大切な事ですからもう一度おさらいしておきたいと思います。

様々に模索して、何かに取り組むのは何故でしょうか。一言で言えば自己の人生の充実のためです。このように言いますと、自分が取り組もうとしている事が、どうして人生の充実に繋がるのか、その繋がりを自分で理解する事が出来ない人がいますので順序立てて記します。

何の目的で取り組むのかと言えば、何に取り組んでも楽しみ・喜びを得たいからです。何かに取り組む事の目的及び道理は、楽しみです。従って、その道理の見極めが出来たならば、次に何故楽しみを得たいのかを考えて欲しいのです。楽しみ・喜びが得られるとどのようになるかという事です。

素晴らしい芸術作品等に触れて、ワクワクと高尚な感情の高まりを覚えた経験が皆様にあると思います。そのような高尚な感情の高まりを覚える事を、心が潤うと言います。楽しめばそのように心が潤います。心が潤えば生きて行くことの目的である自己の人生が充実します。何故楽しみ喜びを得たいのか。自己の人生を充実したものにしたいからです。

人は大きく運命に左右されて現状が出来上がっています。その現状に飽き足らずにもっと人生を良くしたいと思って、これまでに取り組んできたものを深める努力をし、更に新たなものにチャレンジするのです。

運命に逆らったり、運命を嘆いたりしていても現状を良くする事は出来ません。現状を良くしたいと思えば頑張って自分を磨く以外にないのです。頑張って何を得たいのか、心の潤いなのです。この書の中で、一番大切なのは心の潤いであるという事をしつこいほど記しました。それは、心の潤いが一番大切なのだという事が理解出来ない人が沢山いるからです。一番大切なのは心の潤いであるという、確かな人生観を持っていれば、こんなに豊かな時代になったのですから、もっともっと心豊かに過ごせるようになると思うからです。

♥教えられる側の自己責任

千利休は、「習わんと思う心こそ我が身ながらの師匠なりけれ」と言っています。昔は入門をして師事する時は血判をするという厳格なものでした。従って、入門をして真面目に取り組むのは当たり前で、そういう取り組みをするものという前提のもとに、千利休はそのように言ったのだと思います。

しかし、現在は自分で習おうと思ってお稽古に来ているのに、迫力も情熱もない人が多いのです。従って、千利休の言葉は現在には通用しません。習おうと決心して始めただけでは駄目なのです。始める限りは、何としても自分を高めなければいけないという情熱が必要であるという事です。従って、情熱が持てないのなら、大きな成果を上げる事は無理ですから、そういう人は教養を高める事を目的としているお稽古事などに目を向けないで、無数に存在する娯楽で楽しんだらよいのです。そういうきちっとしたけじめが自己改革には重要です。

よくある事ですが、習いに来て「どう取り組もうと自分の自由でしょう」と主張する人がいます。自分の意思で来て、自分で月謝を払い、自分のために来ているのだから、自分でどう取り組んでも「自由でしょう」と考えてしまうのだと思います。その事について、教える側としてはどんな気持ちなのか、両方の気持ちを知る事は勉強になると思いますので、教える立場から記します。

月謝の「謝」はあやまると読みます。許してくれるように頼む、悪かったと思って詫びるという事です。何をあやまるのかと言いますと、謙虚に遜《へりくだ》って、自分のような不器用で拙い人間を、飽くことなく指導してくださって、「どうも済みません」とあやまって、これからも「どうぞよろしくお願いします。これは些少《さしょう》ですがお礼の印です」と言って渡すのが月謝です。月謝というものは「払っているのだから」という感覚ではなく、「頂いてもらっている」という感覚で納めるものです。

なにを偉そうにと思われるかもしれませんが、それが月謝本来の意味です。

大切な無形の財産を伝授して、これが妥当な値であると決めるのは大変難しい事です。技芸はお金と時間と汗と涙の結晶ですから、いくらお金を頂いても教えたくない人には教えたくないものです。社中の人は同志です。同志だから、「まあこれくらいなら無理をしなくても出せるのではないか」と考えて月謝を設定しています。自分達が掲げている理念や信条に理解を示してくれて、仲間として共に頑張ろうと思ってくれている。また将来指導者として、共に助け合いながら、社中の同志としてやってくれると思うから、この程度で「まぁーいいか」という事で設定しているのが月謝です。

大学だと、一年に百万円以上の月謝を徴収している学校は沢山あります。それでも月謝だけでは成り立ちませんので、寄付を募ったり、国や地方自治体から補助金をもらって、なんとか成り立っているというのが現実です。

お稽古事の世界も一緒で月謝だけでは経営は成り立ちません。といって月謝を高くすれば同志が増えません。同志が増えなければ宝の持ち腐れになってしまいますので、社中の一員になってくれるのだから「まぁーいいか」と妥協した設定になっているという事です。自分はきちっとお金を払っていると思っている人がいますが、教える方は妥協していますが、教えられる方は規定の儘で妥協はしていないのですから、損得で言えば、教えられる方は必ず得をしています。

また、教える方は教えられる方が重要な時間とお金を使ってお稽古に来てくれていますので、それだけの責任と使命感を持って対応しています。只なら、どのように取り組んでいても「いいよ、グッド」と言ってやれば良い気分になる事は分かっていますので、「いいよ、グッド」と言っていればよいのです。しかし、お金を頂いている限りは責任がありますので、時には皆が嫌がる事は分かっていても、悪いところは指摘をして、注意をしなければいけません。悪いところを指摘されれば、言われる方は腹が立つと思います。指摘されれば嫌がる事は分かっていますので、言う方も辛く切なく嫌なのですが言うようにしています。

神社仏閣に行きますと阿吽《あうん》像が左右に置いてあります。阿吽像の教えの如く、悪いところなどを指摘しなくても阿吽の呼吸で進める事が出来れば、お互いに嫌な思いをしなくても済みます。しかし、人間は完璧ではありませんので、誰かが注意をして良い方向に進む舵取りをしなければいけないのです。その舵取りは指導者の責任と使命の一つです。学校の先生でも、お稽古事の先生でも、自分は良い人だと評価されたいがために優しいばかりの人がいます。阿吽の呼吸で進めて行けるのであれば、それがベストだと思いますが、そんな事は不可能ですから、指導者は確かな理念と信条を持って、時には注意も出来る人でなければ指導者失格です。

そこまで責任感を持って対応していますので、それが分かれば自分は月謝を払っているのだから「どう取り組もうと自由だ」というような考えは、常識のある人ならば出来ないと思います。月謝を払ってまで来ているのだから、教えられる事をすべて受け入れなければ損だという考えが正しい考えだと思います。

♥自我を捨てて自己を磨く

謙虚に遜《へりくだ》る事が大切であると言いましたが、それは謙虚であるという事は、自我を抑制出来ている姿だからです。教えられる者の賢い取り組みは、自分を白にして「どうぞそちらの考えている色に自由に染めて下さい」という姿勢です。

実技は実践なくして絶対に上達はありませんが、その実践にはメンタル面が大きく影響をします。即ち、自我を捨てて素直に受け入れるという事が非常に大切だからです。それゆえ、私は自我を捨てて素直になれという事をよく言います。

現在は男女の区別なく大学まで行ったという人が多いので、ある面では私などよりは知識が豊かで賢い人が沢山います。賢いのは結構な事ですが、賢いために素直になれない人も多く、教えてもらいに来ながら、自我を捨て切れない人が多いのです。「餅は餅屋」の言葉の如く専門分野の事は、学歴、社会的地位などに関係なく指導される者に委ねる事が一番です。どこかの宗教団体のように、次から次にお金を持って来いというのであれば、「ちょっと待てよ、これはおかしい」と、その時は考えればよいのです。しかし、そんな事がない限りはすべてを受け入れれば、得をしても損をするという事は絶対にありません。また、それで自尊心が傷つくという事もないでしょう。

中には素直に「はい」と遜る事で、自尊心が傷つくという人がいます。そんな人は教えられる資格がない人ですから、お稽古事などはしなければよいのです。

学校を卒業して社会人になれば、自分が拙い思考をしても、それを指摘して注意してくれる人はいなくなります。そういう意味では、自分がどう拙いのかを説いてくれる、諭してくれる人がいるという事は有り難い事です。お稽古事で「道」を謳っているという事は、そういう事も行うという事です。お稽古事は技能、知識面だけでなく、精神面においても自己を磨く場ですから、そういう意味からも教えられる事は素直に受け入れなければいけません。受け入れれば受け入れるほど、自分が得をするのですから、素直に受け入れる事が大切ですが、そういう賢い取り組みが出来ない人が増えています。それは自我が強く、知識は豊かですが、知恵が不足している人が多くなったという事です。現在は意外とそういう人が多いので、私は教室に「そんな事を言っても……」「私はそうは思わない」等の自己弁護や自己主張という自我を捨て、何が道理かを質せと額に掲げています。

自信と自我は違います。自信は道理の裏付けがあって初めて自信につながるものであって、そういう意味では自信を持って生きるという事は大切です。しかし、道理の裏付けもないのに、自己主張するのは自我以外のなにものでもないのです。自分を磨き上げて行くのに一番災いするのは自我です。自我を捨てて、有限の時間を大切に、一生懸命に自己を磨く事に頑張る、それ以外に人生をもっと良くする道はありません。

自我の強い人は自分の観念の中に埋没してしまい、道理に適った良い話をしてくれても、頭から受け入れを拒絶してしまいます。恐らくこういうものを読んでも、自我の強い人には心に響かないと思います。

「初心に帰れ」「胸襟を開け」「柔軟な心」とよく言われるのは、言葉を替えればすべて自我を捨てなさいという事です。世の中には自分よりも賢く立派な人は、驚くほど沢山います。自分、自分と自我を主張しないで、そういう現実を心で捉える謙虚さがあれば、もっともっと自分を磨かなければという意欲が湧出してきますので、お稽古事等に積極的に取り組んで自我を捨てる修行をして欲しいと思います。


最後に、人は偉そうな事を言っていても、どこか無駄な事をしたり、抜けたところがなければ生きて行けない動物です。ある人は酒に、ある人はゴルフに、釣りに、ある人はギャンブルに、ある人は旅行に、買い物に、ある人は異性に、といろいろと現を抜かしています。そういう意味では、私も笊《ざる》で水を掬う如くに抜けている人間です。道理、道理と言っても普段の生活では間抜けなことのほうが多い駄目人間です。ただ一つ明言出来る事は、間抜けな事をしていても、此処に記したような理屈を知っているのと知らないのとでは、心のゆとりという心境面で大いに異なるという事です。

心にゆとりがあるのとないのとでは、日々の生活で心の潤いという点で雲泥の差が生じますので、そういう意味では此処に記したような確かな人生観を持って、一度しかない人生を大いに謳歌してほしいと思っています。

この書が確かな人生観を有するために、ほんの少しでもお役に立てれば幸いです。

人生の達人とは今を甘受し　先に対して果敢に挑む人なり
今を嘆き　先に志のない人生は虚しい

日本きもの学院 学院長 飯 山　進

著者プロフィール

飯山　進（いいやま すすむ）

1942年、兵庫県に生まれる。
芸能界の衣裳を扱う会社で経験を積んだのち、
1973年に独立して「日本きもの学院」を設立。
現在院長として経営と指導にあたっている。

幸せさがし

2002年５月15日　初版第１刷発行

著　者　飯山 進
発行者　瓜谷 綱延
発行所　株式会社 文芸社
〒160-0022 東京都新宿区新宿1-10-1
電話　03-5369-3060（編集）
03-5369-2299（販売）
振替　00190-8-728265
印刷所　株式会社 平河工業社

ISBN4-8355-3795-5 C0095